Arena-Taschenbuch
Band 51044

Ebenfalls von der Autorin im Arena Verlag erschienen:
Die Pfeffermiezen (Band 1)

In der Reihe *Beste Freundin – blöde Kuh:*
Beste Freundin – blöde Kuh
Und raus bist du
Eine wie keine
Verknallt, verkracht, versöhnt

Albert Andakawwa. Schlamassel im Schlammsee
Albert Andakawwa. Der Diamant im Dackel

Weihnachtskribbeln. Geschichten für Freundinnen (Sammelband zusammen mit Alice Pantermüller und Kirsten John)

Patricia Schröder,
1960 geboren, lebt mit ihrer Familie und einer Handvoll Tieren an der Nordsee. Sie studierte Produktdesign und arbeitet seit vielen Jahren als freie Autorin. Zuerst schrieb sie satirische Beiträge für den Funk, später Texte für Anthologien, bevor sie ihre Liebe fürs Kinder- und Jugendbuch entdeckte. Inzwischen ist eine Vielzahl an Kinder- und Jugendromanen von ihr erschienen.

Patricia Schröder

Die Pfeffermiezen und der große Treuetest

Vignetten von Betina Gotzen-Beek

Arena

MIX
Papier aus verantwortungsvollen Quellen
FSC® C110508
www.fsc.org

1. Auflage im Arena-Taschenbuch 2018

Einbandillustration: Dagmar Henze
Vignetten: Betina Gotzen-Beek
Umschlagtypografie: KCS GmbH · Verlagsservice & Medienproduktion, Stelle/Hamburg
Gesamtherstellung: Westermann Druck Zwickau GmbH
ISSN 0518-4002
ISBN 978-3-401-51044-6

Besuche uns unter:
www.arena-verlag.de
www.twitter.com/arenaverlag
www.facebook.com/arenaverlagfans

Poolfrösche

»Geschafft!«, freute sich Emily.
Das Weiße in ihren Augen funkelte in der Dunkelheit.
Auch Ratze rieb sich siegesgewiss die Hände.
»Das war die beste Einführung, die du kriegen konntest«, sagte sie zu Maleen.
Die nickte und gähnte herzhaft. »Mann, jetzt bin ich aber müde!«
»Logisch«, sagte die rotlockige Lou.
Immerhin hatten sie einen ereignisreichen Tag hinter sich. Maleen war zum ersten Mal in Emilys Garten. Sie hatten einen Swimmingpool bekommen und zusammen mit ihren Eltern aufgebaut. Sie hatten ausgiebig geplantscht, Maleen getauft, eine Party gefeiert und die JEMAYUS mitten in der Nacht mit Knallerbsen in die Flucht geschlagen.
Lou legte Maleen einen Arm um den Nacken und dann schlichen die vier Mädchen geduckt zum Swimmigpool

zurück. Die bunten Lampions, die überall in den Bäumen hingen, spiegelten sich in der Wasseroberfläche. Emily steckte ihre Hand in das verführerisch glänzende Nass.
»Ganz warm«, flüsterte sie. »Ich glaub, ich geh noch mal rein.«
»Ich nicht«, sagte Lou.
Maleen wollte schlafen und Lou fühlte sich für sie verantwortlich. Schließlich hatte sie Maleen in die Clique gebracht.
»Ich auch nicht«, meinte Ratze und gähnte nun ebenfalls.
Emily ballte die Fäuste.
»Das ist ja mal wieder typisch!«, knurrte sie. »Wenn's ums Pennen geht, dann bist du immer die Erste.«
»Diesmal nicht«, erwiderte Maleen.
»Jetzt sag bloß nicht, du bist auch so eine Schlafmütze?«, entgegnete Emily.
Ohne eine Antwort abzuwarten, erklomm sie die Trittleiter, hüpfte hoch in die Luft und machte eine Arschbombe in den Pool, dass es nur so spritzte.
»Aaaah!«, schrien Ratze, Lou und Maleen und machten einen Satz nach hinten.
»So eine Gemeinheit!«, schimpfte Ratze und schaute an ihrem Badeanzug herunter, der total besprenkelt aussah.
»Na warte«, murmelte Lou und stürzte sich nun doch ins Wasser.
Sie schwamm auf Emily zu, die lachend vor ihr floh.
»Du kriegst mich nicht, du kriegst mich nicht!«, gluckste sie.

Maleen postierte sich am Pool, ballte die Fäuste und rief: »Du kriegst sie wohl, du kriegst sie wohl!«
Auch in Ratze, die sich inzwischen mit ihrem nassen Badeanzug abgefunden hatte, kam Bewegung. Sie stellte sich neben Maleen und feuerte Lou ebenfalls kräftig an.
»Ihr seid unfair!«, japste Emily. »Drei gegen eine. So geht das nicht.«
»So geht das schon«, schnaufte Lou hinter ihr.
Sie schmiss sich über Emily und zog sie bis auf den Grund.
»Das kann sie nämlich besser«, verkündete Ratze.
»Wer? Was?«, fragte Maleen.
»Lou. Luft anhalten«, sagte Ratze knapp.
»Als Emily?«, rief Maleen. »Aber sie wird sie doch nicht ertränken!«
»Nie im Leben. Lou kann nicht mal einer Schmeißfliege etwas zuleide tun. Bestimmt kriegt sie irgendwann mal 'n Orden für ihre Tierfreundlichkeit.«
»Aber Emily ist doch kein Tier«, sagte Maleen empört.
Ratze wuselte sich durch die störrischen schwarzen Haare und kicherte. »Manchmal schon.« Dann kletterte sie die Trittleiter hinauf. »Na komm schon!«, rief sie Maleen zu, bevor sie sprang. »Jetzt sei doch mal kein Frosch.«
Bande!, dachte Maleen und schüttelte grinsend den Kopf. Da war sie ja in eine feine Clique hineingeraten!
Emily, Ratze und Lou waren irgendwie völlig anders als die Mädchen, die sie bisher kennengelernt hatte. Viel wilder. Viel lustiger. Und vor allem voller verrückter Ideen.
Maleen vergaß, dass sie müde war und fror. Todesmutig

ließ sie sich zu den anderen in den Swimmingpool fallen. Und dann ging eine wilde Jagd los.

Ratze rettete Emily und wurde dafür von Lou verfolgt. Emily kraulte los, um sich an Lou zu rächen, und Maleen paddelte wie blöd auf Emily zu, um sie davon abzuhalten. Schon nach wenigen Minuten waren die Mädchen völlig erschöpft. Lachend fielen sie einander mitten im Pool in die Arme und gluckerten noch ein letztes Mal unter.

Maleens blonder Schopf tauchte als letzter wieder auf.

»Mann!«, stieß Emily bewundernd hervor. »Das war ja noch länger als Lou.«

»Du bist wirklich ein toller Frosch«, bestätigte Ratze, schlang Maleen einen Arm um den Hals und drückte sie an sich. »Wenn ich bloß darüber nachdenke, was uns entgangen wäre, wenn Lou sich nicht heimlich mit dir angefreundet hätte, könnte ich glatt ohnmächtig werden.«

»Das ist doch sowieso deine favorisierte Beschäftigung«, brummte Emily, die gerne mit Fremdwörtern um sich schmiss.

»Quatsch«, entgegnete Lou. Sie fand es blöd, dass Emily offensichtlich schon wieder streiten wollte. »Wieso das denn?«

»Weil sie dabei automatisch pennen kann«, sagte Emily.

»Aaaah!« Ratze ließ ihren Kopf auf Maleens Schulter sinken und drehte verzückt die Augen zum sternenklaren Himmel. »Pennen. Das Wort klingt wie Schlagsahne in meinen Ohren.«

Sie ließ Maleen los und steuerte die Trittleiter an.

»Die will doch immer nur das eine«, sagte Emily und gähnte. »Und ausnahmsweise kann ich das sogar verstehen.«

»Ich auch«, bestätigte Lou.

Maleen nickte. »Und ich sowieso.«

Vom Himmel hoch, da prasselt's nieder

Eine viertel Stunde später lagen die vier Mädchen dicht an dicht und bis zu den Nasenspitzen in ihre Schlafsäcke eingemummelt auf der Wiese in Emilys Garten und schliefen tief und fest.

Der Garten befand sich am hintersten Ende des Steinkampschen Grundstücks und war zu den Straßen hin durch hohe, wild wachsende Büsche und ein mit Efeu beranktes Tor abgegrenzt. Zwischen Emilys Garten und dem restlichen Grundstück gab es einen Zaun und ein paar Sträucher, die für ihren fünfjährigen Bruder Dennis unüberwindlich waren. Die vier Mädchen betraten den Garten durch eine Art offiziellen – wie Emily sich ausdrückte – Geheimgang, ein kreisrundes Loch im Grasboden, das in den unterirdischen Obst- und Gemüselagerraum führte, den Herr Steinkamp eigenhändig angelegt hatte.

Am Rand des Loches befand sich ein Eisenhaken im Boden, an dem ein Seil befestigt war und an dem sich die Mädchen hinauf- und hinunterhangeln konnten. Das Loch selbst verschlossen sie mit einem schweren Holzdeckel, den Dennis unmöglich anheben konnte.
Mitten auf der Wiese stand der türkisfarbene Barkas, ein alter DDR-Lieferwagen, den Emily von ihrem Onkel geschenkt bekommen hatte und der sozusagen ihr Hauptquartier war. Sein Laderaum war eigentlich groß genug, um darin zu schlafen, doch in dieser Sommernacht war es viel zu warm dafür.
Ratze lag mit ausgebreiteten Armen auf dem Rücken und schnarchte. Emily hatte ihren Kopf auf deren Bauch gebettet und murmelte im Traum leise vor sich hin. Lou schlief bewegungslos auf der Seite und Maleen wälzte sich unruhig hin und her.
Alle vier hörten das leise Wispern und Kichern nicht, das von der Straße in den Garten herüberdrang. Und so kam es, dass Emily dachte, ein Krieg wäre ausgebrochen, als es plötzlich neben ihr fürchterlich knallte und prasselte. Blitzschnell richtete sie sich auf, sprang aus ihrem Schlafsack und blickte sich hektisch nach allen Seiten um. Das Knallen und Prasseln hatte aufgehört, aber hinter den Büschen auf der Straße schimmerten hell sprühende Funken.
»In Deckung!«, schrie Emily und rüttelte ihre Freundinnen wach. »Alle Mann in Deckung!«
»Was is ’n?«, murmelte Lou und räkelte sich.

»Feuer! Krieg! Erdbeben!«, schrie Emily.
»Quatsch«, erwiderte Ratze. Sie öffnete mühsam die Augen und bemerkte nun ebenfalls die Funken. »Das ist ein stinknormales Gewitter.« Völlig schlaftrunken pellte sie sich aus dem Schlafsack und schleifte ihn hinter sich her auf den Barkas zu. »Ich glaube, wir pennen doch lieber drinnen. Sonst werden wir noch patschnass.«
Im selben Augenblick traf sie ein Wasserstrahl im Rücken. Ratze schrie auf.
»Das ist kein Erdbeben!«, rief Lou. »Und auch kein Gewitter. Das sind die JEMAYUS!«
»Schon wieder?«, brummte Maleen und gähnte.
Sie war wirklich hundemüde und hatte keine Lust, sich mit diesen drei nervtötenden Jungs aus der Nachbarschaft herumzuschlagen.
Maleen hielt Lou ihre Hand entgegen und ließ sich von ihr auf die Füße ziehen. Kaum stand sie, spritzte ihr der Wasserstrahl, der bisher Ratze verfolgt hatte, direkt auf die Nase.
»Iiiiiiihh!«, quietschte Maleen.
Eilig rafften sie und Lou ihre Schlafsäcke zusammen und flitzten Ratze hinterher. Die hockte bereits auf der Ladefläche, packte Maleen am Handgelenk und zog sie herauf. Im nächsten Moment tauchte Emily auf.
»He, was soll das?«, zischte sie. »Ihr könnt doch nicht einfach kneifen.«
»Wieso? Du hast doch selber gesagt, wir sollen in Deckung gehen«, entgegnete Ratze.

»Das war doch noch, als ich dachte, dass eine Bombe eingeschlagen hätte«, schnaufte Emily, während sie und Lou ebenfalls in den Barkas krochen.
»Eine Bombe?« Maleen schüttelte den Kopf. »Du hast vielleicht Ideen.«
»Jetzt quasselt nicht«, befahl Ratze. »Macht lieber die Tür zu.«
Emily brummelte etwas Unverständliches vor sich hin, tat aber, was Ratze gesagt hatte.
»Sooo«, seufzte die. »Jetzt können die JEMAYUS meinetwegen den ganzen Pazifik über uns ausgießen.« Sie breitete ihren Schlafsack aus und rückte ihn so dicht wie möglich an die hintere Wagenwand. »Habt ihr noch Platz genug?«
»Geht schon«, sagte Lou und platzierte ihr Schlaflager daneben.
»Ach, du grüne Kacke!«, schrie Emily plötzlich los.
Ratze, die bereits bis zur Hüfte in ihren Schlafsack gekrochen war, verdrehte stöhnend die Augen. »Was ist denn nun schon wieder los?«
»Ich hab meine Sachen draußen liegen lassen.«
»Oh nein!«, rief Lou. »Dann hol sie. Aber ratzfatz.«
Emily stöhnte. Dann stieß sie mit einem Ruck die Tür auf und sprang auf die Wiese hinaus. Kurz darauf ertönte von dort ein abwechslungsreiches Kreisch- und Fluchkonzert.
»Aaaah!« – »Ihr Schweine, ihr!« – »Iiiihhhh!« – »Igittigitt! So ein verdammter Mist!«
Es dauerte nur ein paar Sekunden, dann tauchte Emily

wieder auf – mit triefenden Haaren und wutverzerrtem Gesicht. Sie schleuderte ihr Schlafzeug in den Barkas und kletterte eilig hinterher.
»Alles klatschnass«, schnaufte sie.
»Das hab ich gemerkt«, sagte Maleen.
Der Schlafsack war nämlich auf ihren Beinen gelandet und natürlich erwartete sie dafür eine prompte Entschuldigung von Emily.
Doch die brummte nur: »Wieso sollte ich auch die Einzige von uns sein, die nass ist?«
Maleen öffnete den Mund und starrte Emily fassungslos an. Immerhin waren sie und Ratze bereits vor ihr vom Wasserstrahl getroffen worden.
»Ist die immer so?«, brachte sie schließlich hervor.
»Ja«, sagte Ratze. »Immer. So etwas nennt man Gruppensolididingsbums, und das wird bei uns ganz, ganz großgeschrieben.«
»SO – LI – DA – RI – TÄT«, buchstabierte Emily und warf dabei Maleen einen finsteren Blick zu.
»Jetzt regt euch nicht auf«, versuchte Lou den aufkeimenden Streit zu schlichten. »Wir sind schließlich alle nass. Irgendwie müssen wir uns das Schlafzeug eben teilen.«
Sie kramte eine Schachtel Peppermint Cats aus einer verbeulten alten Blechdose mit Weihnachtsmotiven hervor und schmiss sie Emily zu. »Hier nimm erst mal eins zur Beruhigung.«
»Ich werde mich nie beruhigen«, knurrte Emily. Sie öffnete die Schachtel, pulte sich genau acht ihrer katzenkopf-

förmigen Lieblingspfefferminzdrops heraus, Sorte: Original Peppermint, und versenkte sie alle auf einmal in ihrem Mund.

»Mann!«, knurrte Ratze und riss Emily die Schachtel aus der Hand. »Und mit mir motzt du immer, wenn ich mal mehr als eins nehme.«

»Ich brauch die jetzt einfach, sonst explodiere ich gleich wirklich«, sagte Emily.

»Aber lass bitte uns aus dem Spiel«, erwiderte Ratze. »Wir können überhaupt nichts dafür.« Sie nickte in Richtung Tür. »Der Feind sitzt da draußen.«

Im selben Augenblick ging ein ohrenbetäubender Hagelschauer auf sie nieder. Maleen riss entsetzt die Augen auf.

»Oh Gott! Was ist das denn?«

Ratze blickte nur nach oben und murmelte: »So eine Kacke.«

Lou ballte die Fäuste und Emily schrie: »Jetzt gehen sie endgültig zu weit. Die demolieren uns ja den ganzen Barkas!« Wütend sprang sie auf die Füße, verlor das Gleichgewicht und knallte voll mit dem Kopf gegen die Seitenwand.

»Aooouuuh!«, jaulte sie los.

Tränen schossen ihr in die Augen. Es musste wirklich verdammt wehgetan haben. Normalerweise war Emily nämlich überhaupt nicht zimperlich.

»Oaaah, ich hasse sie, diese Mistkerle«, brummte Ratze. Dabei konnten Jesper, Max und Yussuf ja eigentlich gar nichts dafür, dass Emily sich den Kopf gestoßen hatte. Aber das zählte in diesem Fall natürlich nicht. Die JE-MAYUS hatten nicht nur alles nass gemacht, sondern auch noch irgendwas Schreckliches über dem Barkas ausgeschüttet, und das schrie verdammt noch mal nach Rache!

Eine alarmierende Entdeckung

Während Lou Emily in den Arm nahm und ihr auf den Schädel pustete, öffnete Ratze leise und ganz, ganz vorsichtig die Wagentür. Erst mal nur einen Spalt ...

Zum Glück war es draußen nicht ganz finster. Denn erstens brannten die Lampions noch und zweitens war es eine sternenklare Fastvollmondnacht.

»Kannst du was erkennen?«, wisperte Maleen.

»Steine, der ganze Rasen ist voller Steine ...«, murmelte Ratze.

»Saubande!«, fluchte Emily. »Die haben sie uns also aufs Dach geschmissen.«

Ratze vergrößerte den Spalt und schob ihren Kopf nach draußen.

Es war ganz ruhig. – Verdächtig ruhig.

»Komm lieber wieder rein«, flüsterte Lou. »Nachher entführen sie dich noch.«

Emily riss entsetzt die Augen auf.

»Ganz unmöglich«, stammelte sie. »Das würde ja bedeuten ...«
Lou vollendete, was Emily nicht auszusprechen gewagt hatte: »... dass sie richtig in den Garten eingedrungen sind?«
»Oh Gott!«, hauchte Maleen.
Dabei hatte sie bisher weder von Jesper noch von Yussuf noch von Max auch nur einen Fitzel kennengelernt. Nur ihre dunklen Schatten vorhin auf der anderen Straßenseite. Und die hatten groß und breit und unheimlich ausgesehen.
»Aber das ist ja völlig unmöglich«, sagte Emily. »Wie sollen die denn überhaupt hier rüberkommen? Ist doch rundherum alles verwachsen.«
Sie packte Ratze unter den Armen und zog sie in den Barkas zurück.
»He!«, quiekte die und strampelte mit den Beinen.
»Ich will doch bloß mal gucken«, sagte Emily, schob nun ihrerseits den Kopf durch den Türspalt und spähte nach oben.
»Genau das wollte ich auch«, brummte Ratze.
»Jetzt hört auf mit dem Blödsinn!«, mahnte Lou noch einmal. »Wenn wir jetzt anfangen, uns zu bekriegen, dann haben die JEMAYUS doch genau das, was sie wollten.«
»Und?«, tönte Emily von halb draußen. »Du hast doch schon die Steine entdeckt.«
»Na und«, brummte Ratze.
»Ich hab aber noch was anderes gesehen«, sagte Emily.
Sie zog den Kopf wieder ins Wageninnere.

»Ja?«, rief Maleen und wippelte ungeduldig mit ihrem Po auf und ab. »Was denn?«
Doch Emily beachtete sie nicht, sondern wandte sich stattdessen an Lou. »Gibst du mir mal die Taschenlampe?«
»Meine Güte!«, stöhnte Maleen. »Bist du immer so auskunftsfreudig?«
»Ist sie«, bestätigte Ratze. »Weil ihr der Garten und der Barkas gehören, denkt sie nämlich, dass sie die Chefin ist.«
Emily streckte Ratze die Zunge heraus und schnappte sich dann die Taschenlampe, die Lou aus einer kleinen Korbkiste gekramt hatte.
Wieder steckte Emily den Kopf durch die Tür, hielt die Taschenlampe in einem spitzen Winkel nach oben und machte sie an.
»Treffer!«, rief sie eine Sekunde später. »Leute, die alte Kastanie, die ist an allem schuld.«
Neugierig drängten Ratze, Maleen und Lou zur Tür und folgten mit ihren Blicken dem Lichtstrahl der Taschenlampe. Was sie dann sahen, war fast so schlimm wie das, was sie eben noch befürchtet hatten.
Hoch oben im Kastanienbaum hockte Jesper mit einem Eimer und einer Supermegariesenwasserpistole.
»Ach, du Riesenkackmist!«, stieß Ratze hervor. »Wie kommt der denn da hoch?«
»Frag lieber, wie wir ihn da wieder runterkriegen«, erwiderte Emily.

Lou nickte.
»Wir pfeffern ihm seine blöden Steine um die Ohren«, schlug Maleen vor.
Alle fanden, dass das eine gute Idee war. Allerdings mit einem bis mehreren Haken. Jesper saß ziemlich weit oben im Baum. Trotz des klaren Himmels war es relativ dunkel und keines der vier Mädchen konnte von sich behaupten eine einigermaßen treffsichere Meisterwerferin zu sein.
»Pfeffern oder hageln können wir vergessen«, brummte Lou. »Im Gegenteil. Wir können froh sein, wenn überhaupt nur ein Einziger ins Ziel kommt.«
Plötzlich hatte Ratze eine Idee. Sie ließ eine Hand geräuschvoll auf Emilys Schulter patschen und rief: »Deine Flitsche!«
»Bist du verrückt!«, empörte sich Lou. »Du kannst doch nicht einfach mit einem Hochgeschwindigkeitsstein auf einen Menschen schießen.«
Ratzes Augenbrauen schnellten für ihre sonst immer so gemütlichen Verhältnisse erstaunlich flink nach oben.
»Menschen?«, entgegnete sie. »Gehört Jesper deiner Meinung nach etwa dieser Gattung an?«
Maleen atmete geräuschvoll aus. »Aber das ist ja richtig Krieg, was ihr hier macht.«
»Quatsch«, erwiderte Emily. »Mit Krieg hat das gar nichts zu tun. Aber wir können es schließlich nicht zulassen, dass die JEMAYUS heiligen Boden betreten.«
»Heiliger Boden!« Ratze kicherte. »Jetzt übertreib mal nicht.«

Emily, die die Tür inzwischen ganz aufgestoßen hatte, drehte sich zu ihr um. »Das hier ist mein Garten. Also, wenn dir was nicht passt ...«

Ratze kniff die Mundwinkel ein. »Hab überhaupt nichts gesagt.«

»Okay«, brummte Emily, »dann hol ich jetzt mal meine Flitsche.«

Die lag nämlich vorne in der Fahrerkabine.

Emily sprang auf die Wiese hinaus und schrie gleich los: »Aua! Autsch! So ein verdammter Hundesohn. Hier ist ja alles voll von diesen Dingern.«

»Hab ich doch gesagt«, murmelte Ratze.

Oben aus der Kastanie ertönte ein unterdrücktes Lachen.

»Na warte!«, zischte Emily leise. »Dir wird das Lachen noch vergehen.«

Mit staksigen Schritten und nur auf den gut mit Hornhaut gepolsterten Fersen eilte sie auf die Fahrertür zu, riss sie auf und beugte sich in die Kabine. Gleich zwischen den Sitzen musste das Ding eigentlich liegen. Sie streckte die Hand aus und tastete nach der Flitsche. Da traf sie ein harter Wasserstrahl mitten auf dem Hintern.

»Oah!«

Aufschäumend vor Wut, schnellte sie nach oben und stieß sich den Kopf am Türholm. Fast fing sie an zu heulen. Wenn das so weiterging, würde ihr Kopf bald eine einzige Beule sein. Zum Glück hatte sie sich wenigstens einen Aufschrei verkniffen. Noch einmal Jespers hämisches Lachen zu hören, hätte sie nämlich nicht ertragen.

Was fiel diesem Kerl überhaupt ein, ihr genau auf den Hintern zu zielen! Ausgerechnet Jesper. Es war doch zu peinlich. Sie hörte schon, wie er Max und Yussuf davon erzählte und die beiden sich über Emilys nassen Hintern halb totlachten.

Fehlschuss

Mit zitternden Fingern ergriff Emily die Flitsche. Den hämmernden Schmerz in ihrem Kopf beachtete sie nicht. Sie war so wütend wie noch nie in ihrem Leben. Zu allem entschlossen, hob sie einen der kleinen Steine, die Jesper in ihren Garten geschüttet hatte, auf. Tief in ihrem Innern hörte sie zwar Lous mahnende Stimme. Doch die war viel zu leise. Emily legte den Stein in das Gummi, spannte es und näherte sich der Kastanie. Sie achtete nicht darauf, sich versteckt und unauffällig zu verhalten. Sie dachte an überhaupt nichts mehr. Ihr Verstand hatte sich komplett ausgeschaltet. Jetzt gab es nur noch eins: RACHE!
Emily sah nicht mal genau, wo Jesper saß. Sie zielte ausschließlich aus der Erinnerung. Und sie hatte ein gutes Gedächtnis – ja, verdammt!
Doch in dem Moment, in dem sie den Stein losließ, traf sie wieder ein Strahl. Diesmal mitten ins Gesicht. Emily taumelte nach hinten, der Stein schoss los, prallte gegen

den Baumstamm und flog wieder zurück. Er traf Emily mitten auf dem Brustbein.
Sie fiel rücklings ins Gras und heulte nun wirklich los. Lautlos kullerten ihr die Tränen aus den Augen. Ihre Brust schmerzte und ihr Kopf ebenfalls. Aber das war nicht das Schlimmste.
Die eigentliche Katastrophe war, dass ein JEMAYU sie besiegt hatte. Ausgerechnet Jesper! Und zu allem Überfluss war sie auch noch selber schuld daran. Warum war sie bloß so hirnlos gewesen!
Glücklicherweise hatte Emily noch einen Trumpf. Und den spielte sie jetzt gnadenlos aus. Sie blieb nämlich einfach reglos liegen. Sollte Jesper doch denken, dass er sie schwer verletzt hatte.
Unterdessen fragten sich Ratze, Lou und Maleen, die immer noch im Laderaum des Barkas hockten, was Emily eigentlich so lange da draußen machte.
»Eigentlich müsste die ihre Flitsche doch schon längst gefunden haben«, flüsterte Lou.
»Vielleicht ist Jesper bereits im Garten und hat sie überfallen«, mutmaßte Ratze. »Gefesselt, geknebelt und verschleppt.«
»Glaub ich nicht«, sagte Maleen.
»Ach komm«, erwiderte Ratze, »du kennst die JEMAYUS eben noch nicht.«
»Trotzdem glaub ich's nicht«, beharrte Maleen auf ihrer Meinung, schnappte sich die Taschenlampe, robbte zum Türspalt und leuchtete in die Kastanie.

»Seht ihr!«, triumphierte sie. »Da oben ist er.«
In der Tat! Jesper besetzte immer noch denselben Ast wie eben. Allerdings hatte er sich jetzt so weit nach vorne gebeugt, dass er jeden Augenblick in den Garten zu stürzen drohte.
»Wir müssen nur noch ein bisschen am Baum rütteln«, freute sich Lou. »Dann plumpst er wie ein faules Stück Fallobst ins Gras runter.«
»Genau«, sagte Ratze und schob Lou nun ebenfalls auf die Tür zu. »Nichts wie los, Mädels. Wir nehmen Jesper gefangen und tauschen ihn gegen Emily aus.«
»Aber wir wissen doch gar nicht, ob Emily überhaupt entführt worden ist«, wandte Maleen ein.
»Wo soll sie denn sonst bitte sein?«, brummte Ratze, die mittlerweile wieder putzmunter war und eine Wahnsinnslust auf ein richtiges Abenteuer bekommen hatte.
»Möglicherweise sind Max und Yussuf auch schon im Garten und haben sie sich geschnappt«, brummte Ratze.
»Okay«, sagte Lou. »Erst mal schütteln. Und wenn wir Jesper haben, dann sehen wir weiter.«
»Genau!« Ratze nickte begeistert. »Zur Not skalpieren wir ihn eben.«
Maleen sah Ratze entsetzt an. Im Moment hatte sie wirklich keine Ahnung, was sie von der ganzen Geschichte halten sollte. Sie hätte nie gedacht, dass die Feindschaft zwischen den Pfeffermiezen und den JEMAYUS so weit ging, dass sie sich gegenseitig richtig verletzten.
Aber jetzt war natürlich nicht der richtige Zeitpunkt, um

darüber zu diskutieren. Also folgte sie Ratze und Lou aus dem Barkas und stakste genau wie sie mit zusammengebissenen Zähnen über die vielen spitzen Steinchen über die Wiese – dabei fest entschlossen, das Schlimmste zu verhindern, wenn es denn sein musste.
Doch die drei Mädchen kamen gar nicht ganz bis zur Kastanie, da schrie Jesper bereits los: »Da! Emily! Da! Im Gras! Sie ist tot!«
Er fuchtelte wie wild mit den Armen.
Emily tot? Das war ja wohl der saumäßigste Witz, den die JEMAYUS sich seit Urzeiten geleistet hatten.
»Blödmann«, knurrte Ratze. »Du denkst doch nicht, dass wir dadrauf reinfallen, he?«
»Du, ich glaub, der meint das ernst«, erwiderte Maleen ängstlich.
»Natürlich tut er das«, erwiderte Lou. »Sonst wär's ja auch nur halb so schön.«
Schön? Maleen konnte sich anstrengen, wie sie wollte, aber was Schönes konnte sie an der Sache nun wirklich nicht finden. Und Jesper offensichtlich auch nicht. Noch immer schrie er, dass Emily tot oder verletzt wäre und unbedingt sofort Hilfe bräuchte. Er zappelte so hektisch herum, dass er tatsächlich das Gleichgewicht verlor. Und da passierte es. Plötzlich rutschte er von seinem Ast herunter. Jesper schrie auf und dann stürzte er kopfüber auf den Boden zu.
Maleen quiekte und Lou hielt sich entsetzt die Hand vor den Mund. Doch zum Glück bekam Jesper wieder einen

Ast zu fassen. Zuerst hing er einfach bloß dran, dann baumelte er einige Male hin und her, hob seine Beine und hangelte sich schließlich wieder hinauf.

»Cool«, seufzte Maleen.

Sie war erleichtert. Und tief beeindruckt. Klettern war noch nie ihre Stärke gewesen. Außerdem hatte sie Höhenangst, die sogar schon einsetzte, wenn sie bloß auf dem Rücken eines Pferdes saß.

»Was soll denn daran cool sein?«, brummte Ratze, obwohl sie insgeheim froh war, dass Jesper nichts passiert war.

Plötzlich schrie Lou los: »Hier! Hier! Hier!«

Sie war nämlich im wahrsten Sinne des Wortes über Emily, deren Beine aus den Beerensträuchern ragten, gestolpert.

Ratze fuhr herum und sah Emily nun auch. Sie stürzte sofort zu ihr, zog sie heraus und hockte sich neben sie ins Gras.

»Emily, Emily!«, rief sie und rüttelte an ihrer Schulter. »Was ist passiert?«

»Ich habe sie getroffen!«, brüllte Jesper vom Baum herunter.

»Womit?«, schrie Lou. »Etwa mit einem Stein?«

»Bist du verrückt!«

»Überhaupt nicht«, erwiderte Lou. »Immerhin hast du uns mit Millionen von Steinen bombardiert.«

»Hab ich nicht. Ich hab extra gewartet, bis ihr im Wagen wart.« Jesper deutete in Richtung Boden. »Emily hab ich mit meiner Wasserpistole getroffen. Da unten liegt sie.«

»Aber von einem Wasserstrahl wird man doch nicht ohnmächtig«, murmelte Ratze. Sie beugte sich über Emilys Gesicht. »Hey, du, bist du okay?«, flüsterte sie ängstlich. Da öffnete Emily ein Auge und zwinkerte Ratze zu.

»Alles klar«, zischte sie. »Aber Jesper soll ruhig denken, dass ich verletzt bin.«

Ratze grinste. Dann schrie sie plötzlich los.

»Sie wacht nicht auf! Lou! Maleen! Was sollen wir bloß tun?«

»Fühlt mal ihren Puls!«, rief Jesper aufgeregt.

Er kroch auf seinem Ast weiter nach vorne, um besser in den Garten hinuntersehen zu können.

Lou und Maleen, die sich inzwischen ebenfalls neben Emily auf die Wiese geschmissen hatten, ergriffen jeweils einen ihrer Arme.

»Ich fühl nix!«, sagte Lou. Ihre Augen füllten sich mit Tränen.

»Jetzt fang nicht an zu flennen«, flüsterte Ratze. »Es ist alles okay. Emily tut nur so.«

Diesmal begriff Maleen sofort. Und plötzlich, nachdem niemandem etwas Ernsthaftes zugestoßen war, bekam sie richtig Spaß an dem Spiel. »Aber dann ist es doch gut, wenn sie heult«, erwiderte sie. »Umso echter wirkt es.«

»Was ist los?«, rief Jesper. »Alles in Ordnung?« Der Ast bog sich schon gefährlich weit nach unten. »Fühlt ihr was?«

»Nee.«

Maleen schüttelte den Kopf.

»Wer bist du denn?«, sagte Jesper erstaunt.
»Das ist Maleen«, entgegnete Ratze. »Die gehört jetzt zu uns.«
Das war das Stichwort für Lou. Sie beschloss, die Dramaturgie an dieser Stelle noch etwas steigen zu lassen. Da sie nun eh schon mal gerade heulte, warf sie sich nun laut aufschluchzend in Ratzes Arme. »Wenn Emily jetzt tot ist, dann haben wir wenigstens noch Maleen.«
Im selben Augenblick gab es einen dumpfen Aufprall. Jesper stöhnte. Offenbar hatte er es nicht mehr ausgehalten.

Amors Pfeil auf Abwegen

Jesper humpelte auf die Mädchen zu, schob Ratze energisch zur Seite und legte sein Ohr auf Emilys Brust.
»Was fällt dir ein!«, rief Lou empört. »Du kannst doch nicht einfach ... Immerhin ist sie ein Mädchen ... Sie hat doch schon ...« *Brüste* hätte sie beinahe gesagt, es sich dann aber zum Glück im letzten Augenblick noch verkniffen. Stattdessen schoss ihr die Hitze in den Kopf.
Jesper schien an seinem Tun allerdings nichts Unanständiges zu finden. »Halt die Klappe!«, schnauzte er Lou an. »Es geht hier immerhin um Leben oder Tod.«
Für Emily war seine Nähe kaum zu ertragen. Denn erstens hatte Lou absolut recht. Sie war ein Mädchen und Jesper ein Junge. Und zweitens war er ihr absoluter Lieblings-JEMAYU – also der Feind schlechthin, gegen den sie in dieser Nacht so kläglich versagt hatte wie noch nie zuvor. Und nun lag er auch noch auf ihr und wagte es, sein Ohr gegen ihr wild trommelndes Herz zu pressen.

»Sie lebt!«, rief Jesper. »Und wie sie lebt!« Er hob seinen Kopf und strahlte Ratze, Lou und Maleen an. »Ihr Puls liegt mindestens bei dreihundertundzehn.«
»Du Spinner«, sagte Ratze. »Wo sind überhaupt deine sauberen Freunde?«
»Hier!«, ertönte es von der Straße herüber.
»Max, du Blödmann!«, schrie Ratze. »Kannst auch nix, als dumm gucken, was? – Mann, oh Mann!« Sie stöhnte. »Haut bloß ab! Alle, wie ihr da seid!«
Das galt natürlich auch für Jesper. Der schien allerdings plötzlich gelähmt zu sein. Wie ein kopfloser Idiot starrte er Maleen an. Und die starrte genauso hirnamputiert zurück.
»Was ist denn jetzt los?«, murmelte Lou und auch Ratze war für einen Augenblick ziemlich irritiert. Doch dann fasste sie sich wieder, verpasste Jesper einen handfesten Klaps auf den Rücken und zischte ihm ins Ohr: »Hörst du nicht? A-B-H-A-U-E-N hab ich gesagt.«
»J-j-ja doch ...«
Allmählich kam wieder Bewegung in den Jungen. Er schluckte einmal schwer, riss seinen Blick ziemlich abrupt von Maleen los und raste dann wie vom Affen gebissen auf die Kastanie zu.
Ratze, Lou, Maleen und Emily, die sich inzwischen aufgerichtet hatte, schauten ihm nach. Ihre Herzen klopften heftig. Allerdings aus ganz verschiedenen Gründen:
Maleens, weil etwas mit ihr passiert war, was sie noch nie erlebt hatte, Lous und Ratzes, weil die beiden sofort

geschnallt hatten, was sich da gerade zwischen Jesper und Maleen abgespielt hatte, und Emilys, weil ihr in diesem Moment definitiv klar wurde, dass ihr Garten wirklich nicht mehr sicher war.

»Wir können uns auflösen«, murmelte sie. »Den JEMAYUS den Frieden anbieten, was weiß ich. Oder auswandern. Ja – auswandern ist eigentlich die beste Lösung.«

Ratze zeigte ihr einen Vogel.

»Auswandern! Du spinnst doch. Der Baum muss weg.«

Emily lachte auf.

»Du bist vielleicht lustig. Erstens liebt mein Vater alte Bäume und zweitens darf man im Sommer wegen der vielen Vögel sowieso nicht fällen.«

»Aber doch wenigstens ein paar Äste absägen«, warf Maleen ein.

»Nee, nee.« Emily schüttelte den Kopf. »Bäume sind meinem Vater heilig. Die werden nur beschnitten, wenn es unbedingt sein muss. Also wenn sie krank sind oder sich irgendjemand darüber beschwert, dass sie über seinem Grundstück hängen.«

»Na, das können wir vergessen«, brummte Lou. »Auf dem Bürgersteig wohnt ja leider niemand.«

Emily starrte finster vor sich hin.

»Na gut«, sagte sie schließlich. »Ich hab eine Idee. Ich werde meinen Vater ganz einfach vor die Wahl stellen: der Baum oder ich.«

Missverständnisse

Und so erntete Herr Steinkamp am darauffolgenden Vormittag nur miesepetrige Kommentare, als er die vier Mädchen fragte, wie sie denn so geschlafen hätten.
»Beschissen«, brummte Emily.
»Gar nicht«, sagte Ratze.
»Gleichfalls«, bestätigte Lou.
Maleen reagierte überhaupt nicht. Die hockte mit abwesender Miene und einer Tüte Erdnussflips im Gras und ließ ihre Hand wie ein präzise eingestellter Roboter zwischen dieser Tüte und ihrem Mund hin- und herwandern.
»Sie hat auch nicht geschlafen«, sagte Lou.
»Genau«, schnaufte Emily. »Weil wir nämlich überfallen worden sind.«
»Oh!« Ihr Vater machte ein gespielt erschrockenes Gesicht. »Ich nehme an – von Mücken?«
»Quatsch!«, brummte Emily. »Von einem JEMAYU.«

Herr Steinkamp kratzte sich am Kopf. Natürlich konnte er mit dieser Auskunft nicht viel anfangen. Seit ungefähr einem Jahr war Emily nämlich nicht mehr besonders mitteilungsbedürftig. Über ihre Gedanken, Gefühle und vor allem ihre Taten schwieg sie sich beharrlich aus. Und so versuchte er es mit Humor.

»Das klingt allerdings nach einer besonders gefährlichen Rasse.«

»Gefährlich – pah!« Emily geriet allmählich richtig in Rage. Sie hasste es, wenn ihr Vater in besonders ernsten Situationen versuchte, witzig zu sein. »Gefährlich ist einzig und allein diese blöde Kastanie.«

»Entschuldige bitte, aber das verstehe ich jetzt leider nicht«, erwiderte Herr Steinkamp. »Im Gegenteil. Ich finde, sie ist ein ganz besonders schönes Exemplar. Außerdem frisst sie keine kleinen Kinder, sie schlägt nicht um sich und sie benutzt keine unflätigen Ausdrücke.«

»Ha, ha, ha!«, schnaubte Emily. »Noch nie warst du so witzig wie heute.«

»Vielen Dank.« Ihr Vater lächelte. »Für Komplimente habe ich immer ein offenes Ohr.«

»Oh Mann!«

Emilys ganzer Körper versteifte sich. Wütend ballte sie die Fäuste und ihr schmales Gesicht verzerrte sich zu einer breiten, hässlichen Fratze. Dann stampfte sie mit dem Fuß auf, rannte Richtung Barkas, schlüpfte in die Fahrerkabine und knallte die Tür hinter sich zu.

Verwundert blickte Herr Steinkamp seiner Tochter nach.

»Kombiniere, ich bin schuld«, sagte er. »Ich weiß nur leider nicht, wieso.«
»Sie sollten sie einfach ein bisschen vorsichtiger behandeln«, riet Ratze ihm. »So mit doppelschichtigen Samthandschuhen, die von außen noch mit einer Lage extra watteweichem Superplüsch ausgestattet sind.«
»Jetzt hör doch auf«, brummte Lou. »Wir hatten eine schreckliche Nacht und ich kann verstehen, dass Emily sauer ist.«
»Okay«, gab Ratze zu. »Aber wie immer übertreibt sie maßlos.«
Herr Steinkamp nickte. Offenbar erkannte er seine Tochter hinter dieser Beschreibung wieder.
»Könntet ihr mir vielleicht trotzdem erklären, was das alles mit dem schönen, alten Kastanienbaum zu tun hat?«
»Klaro«, erwiderte Ratze. »Dieser Baum ist zwar wirklich wunderschön. Aber leider kann man über ihn von der Straße aus zu uns in den Garten klettern.«
»Aha!«, rief Herr Steinkamp. »Kombiniere, genau das ist in der letzten Nacht geschehen.«
»Bingo«, sagte Lou. »Einer unserer Erzfeinde, Jesper Meisen, hat den Baum erklommen. Er hat uns mit Wasser bespritzt und tonnenweise Steinchen über den Barkas geschüttet. Und am Ende ist er noch heruntergefallen und vor unseren Füßen gelandet.«
Emilys Vater lachte. »Das ist nicht euer Ernst?«
»Aber natürlich ist es das«, entgegnete Ratze empört. Herr Steinkamp lachte noch lauter. Kopfschüttelnd dreh-

te er sich um und ging auf das Loch zu, das zu seinem unterirdischen Obst- und Gemüselager führte.
»Und ich hatte schon gehofft, ihr wärt mittlerweile aus dem Kindergartenalter heraus«, sagte er, während er sich auf den Boden setzte und seine Beine in das Loch steckte. »Aber ich werde wohl doch noch eine Weile mit dem Gedanken leben müssen, dass zwischen Dennis und Emily gar kein so großer Unterschied besteht. Zumindest, was Einsichtsverhalten und Freizeitgestaltung angeht.«
Ratze und Lou warfen sich einen empörten Blick zu. Ein Vergleich mit Dennis, Emilys fünfjährigem Nervbruder, war geradezu unglaublich. Außerdem zeigte Herrn Steinkamps Reaktion mal wieder ganz deutlich, dass Eltern sich einfach nicht in die Sorgen und Nöte ihrer Kinder hineinversetzen konnten. Womit es absolut sinnlos war, ihnen auch nur einen Pups davon zu erzählen. Sie machten sich ja doch nur darüber lustig und darauf konnten sie wirklich bestens verzichten. Das Leben war auch so schon anstrengend genug.
Maleen schien allerdings mit ihren Gedanken ganz woanders zu sein. Sie beteiligte sich überhaupt nicht an dem Gespräch und schien auch gar nicht richtig zugehört zu haben.

Eine ziemlich komplizierte Gefühlslage und eine abenteuerliche Idee

Nachdem Ratze und Lou sich noch eine Weile über unverständige Eltern ausge- und Emily den Barkas wieder verlassen hatte, hatten die Freundinnen lustlos die restlichen Chips gefrühstückt und missmutig eine ganze Schachtel Peppermint Cats weggelutscht.

»Du hast deinen Vater gar nicht vor die Wahl gestellt«, sagte Lou.

»Vor was denn für eine Wahl?«, brummte Emily.

»Na, du oder der Baum«, half Ratze ihr auf die Sprünge.

Emily winkte ab und ließ sich rücklings ins Gras fallen.

»Der hätte sich doch sowieso für die Kastanie entschieden.«

»Also wirst du auswandern«, stellte Lou fest.

»Allerdings«, sagte Emily und setzte sich wieder auf. »Und ihr kommt mit.«

»Du tickst ja nicht mehr richtig«, erwiderte Lou und Ratze schnaubte: »Das ist doch wohl nicht dein Ernst!«

»Natürlich ist es das.« Emily sah Ratze missbilligend an und schüttelte dann den Kopf. »Du redest ja schon wie mein Vater.«
»'tschuldigung«, brummte Ratze. Sie lehnte sich gegen den Barkas und zog eine Flappe.
Das versprach ja, ein ganz toller Tag zu werden!
»Jetzt hört schon auf «, sagte Lou. »Ich habe keine Lust zu streiten.«
Besonders glühend klang das allerdings nicht. Auch sie war frustriert darüber, dass der Garten nun nicht mehr sicher war. Noch mehr Sorgen bereitete ihr allerdings Maleen, die immer noch mit verklärtem Blick vor sich hin starrte und offenbar überhaupt nicht mitbekam, worüber die Mädchen sprachen. Jesper schien Maleen mächtig beeindruckt zu haben. Und genau das war die Katastrophe schlechthin.
Jesper gehörte zu den JEMAYUS und war somit der Feind, den es bis aufs Blut zu bekämpfen galt. Das hatten sich die vier Mädchen geschworen. Wer zu den Pfeffermiezen gehörte, war nun einmal bestimmten Regeln unterworfen. Und dazu gehörte, dass man einen JEMAYU auf gar keinen Fall sympathisch finden durfte. Denn das zerstörte alles. Schließlich konnte man jemanden, den man mochte, nicht richtig bekämpfen, was unmittelbar zur Folge hatte, dass es Knatsch mit dem Rest der Pfeffermiezen gab und das Leben automatisch nur noch halb so viel Spaß machte. Vor gar nicht allzu langer Zeit hatte Lou das am eigenen Leib erfahren, als Ratze und Emily plötzlich

dachten, dass sie sich in Yussuf verknallt hätte. Prompt war Lou von allem ausgeschlossen gewesen, was sie natürlich oberätzend gefunden hatte. Und so war sie nicht besonders scharf darauf, dass sich das Ganze jetzt mit Maleen wiederholte.

»Wir streiten ja gar nicht«, murrte Emily nach einer Weile. »Ich möchte einfach nur wissen, ob ihr mitkommen würdet.« Sie stieß Maleen ihren Ellenbogen in die Seite. »Du, zum Beispiel.«

»Aua!«, schrie Maleen und hielt sich die Seite. »Was soll das denn?«

»Sorry«, sagte Ratze. »Emily ist nun mal ein bisschen ruppig. Daran wirst du dich gewöhnen müssen.«

»Ich denk ja gar nicht dran«, erwiderte Maleen empört. Sie sprang auf, stemmte die Fäuste in die Hüften und schüttelte ihre langen blonden Wellenhaare. »Das nächste Mal box ich zurück.«

Lou riss erstaunt die Augen auf. Nie im Leben hatte sie damit gerechnet, dass die neue Freundin so robust reagieren würde. Eigentlich hatte sie Maleen bisher für ein eher zartes Wesen gehalten.

Auch Emily schnappte nach Luft. Sie wollte schon zurücktrompeten, doch dann besann sie sich wieder. Schließlich wusste sie selbst, dass sie manchmal ein wenig unsanft war. Erst letzte Nacht war ihre Irrsinnsidee, Jesper mit einem Stein zu beschießen, voll nach hinten losgegangen. Auf ihrem Brustbein prangte mittlerweile ein riesiger blaubunter Bluterguss, der sie bei jeder Bewegung daran

erinnerte, wie sehr sie Jesper hätte verletzen können. Außerdem imponierte Emily Maleens Verhalten. Eine Pfeffermieze, die sich nicht einfach alles gefallen ließ, war genau das, was sie in ihrer Bande brauchten.
»Tut mir leid«, murmelte Emily also. »Ich wollte dir nicht weh tun. Aber ich dachte, irgendwie muss ich dich ja aus deinen Träumen wecken.«
»Ich hab überhaupt nicht geträumt«, behauptete Maleen. »Ich hab die ganze Zeit zugehört.«
»Und?«, wollte Ratze wissen. »Würdest du mitkommen?«
»Klar«, sagte Maleen. »Wohin denn?«
Lou stöhnte leise. »Ich denk, du hast zugehört.«
»Natürlich«, erwiderte Maleen. »Emily will mit uns auswandern. Sie hat bloß noch nicht gesagt, wohin. Und da gibt es schließlich eine ganze Menge Möglichkeiten. Australien. Kanada. Indonesien. Frankreich.«
»Frankreich?«, hakte Ratze gleich ein. »Wieso Frankreich?«
»Wieso nicht?«, entgegnete Emily. »Das ist nicht so weit. Außerdem weiß ich nicht, ob die uns in Indonesien einfach so reinlassen. Da braucht man, glaub ich, mehr als bloß einen Pass.«
Lou nickte. »Man muss sich vorher sogar gegen alle möglichen abscheulichen Krankheiten impfen lassen.«
Sie schüttelte sich. Denn wenn sie etwas noch mehr hasste als Würmer und Krabbeltiere, dann waren es Spritzen.
»Ihr seid ja bescheuert«, brummte Ratze. »Wir können

doch sowieso nicht auswandern, solange wir nicht erwachsen sind und irgendwas arbeiten können.«
Emily verdrehte die Augen. Dass die etwas pummelige Ratze mit dem störrischen schwarzen Kraushaar bequem war und aus diesem Grund vielleicht nicht reisen wollte, damit hätte sie gerechnet. Aber dass jetzt auch noch die Krankheit Vernunft über die Freundin hergefallen war, wollte Emily nicht akzeptieren.
»Ist doch völlig egal, Mann«, schnaufte sie. »Man wird ja wohl noch träumen dürfen.«
»So verrückt ist die Idee eigentlich gar nicht«, murmelte Lou. »Maleens Vater wohnt nämlich dort.«
»Was?!«, schrie Emily. »Das ist ja cool!«
»Da können wir aber nicht hin«, sagte Maleen hastig und schaute ins Gras.
»Und warum nicht?«, wollte Emily wissen.
Maleen starrte immer noch ins Gras, zuckte die Schultern und schwieg.
»Jetzt sag schon!«, drängte Ratze sie. »Wir sind deine Freundinnen. Mit uns kannst du über alles reden.«
Aber Maleen blieb stumm.
»Vielleicht frisst er kleine Kinder«, spekulierte Emily. »Zum Nachtisch, mit Schlagsahne und Schokostreuseln.« Sie pikste Maleen ihren Zeigefinger in den Oberschenkel und bettelte. »Jetzt komm schon, sei nicht so ernst.«
»Ich find das überhaupt nicht witzig!«, stieß Maleen hervor. Sie hob den Kopf und warf Lou einen bitterbösen Blick zu. »Du hättest nicht davon anfangen sollen.«

»Tut mir leid, aber ...« Lou stockte. Sie war total bestürzt. »Ich dachte, du freust dich, wenn wir ihn besuchen.«

»Ach, das geht doch sowieso nicht«, sagte Ratze. Sie hielt es für dringend geboten, vom Thema französischer Vater abzulenken, damit Maleen eine Chance bekam, sich schnellstens wieder einzukriegen. »Wir können nun mal nicht ins Ausland verreisen. Wir haben doch überhaupt kein Geld.«

Ein unerwarteter Fund und eine eher beiläufige Frage

Zunächst war sowieso erst mal aufräumen angesagt. Die leeren Flaschen landeten wieder in ihren Kisten, die nassen Handtücher auf der Wäscheleine und die Steinchen, die Jesper in der letzten Nacht in den Garten geschüttet hatte, in einem Sandeimer von Emilys Nervmonsterbruder Dennis.

»Ich helfe«, hatte der sich sofort angeboten, als seine Schwester ihm den Eimer, den er momentan sowieso gerade nicht brauchte, abgebettelt hatte.

»Tust du nicht«, hatte Emily geantwortet, woraufhin Dennis ihr den Eimer wieder abnehmen wollte und dabei den Henkel abgerissen hatte. »Du willst ja nur wieder in unseren Garten.«

»Na und?«, hatte Ratze gemeint. »Vielleicht hat er ja sogar Lust, die Steine einzusammeln.«

Natürlich hatte Dennis das nicht. Jedenfalls nicht, solange es um das reine Auflesen und In-den-Eimer-Werfen ging. Doch dann hatte Ratze kräftig mit den Augen gezwinkert und ziemlich verschwörerisch zu ihren Freundinnen gesagt: »Dann kann er eben auch nicht den Stein mit der Geheimbotschaft finden.«

Daraufhin war Dennis ziemlich hibbelig geworden.

»Welche Geheimbotschaft denn?«, hatte er wissen wollen.

»Na, die von Jesper«, hatte Lou geantwortet und ebenfalls kräftig herumgezwinkert.

Emily hatte gestöhnt und die Augen verdreht. Aber es hatte ihr nichts genützt. Dennis bekam die Erlaubnis, ihren Garten zu betreten. Dort klaubte er eifrig einen Stein nach dem anderen auf, betrachtete ihn von allen Seiten und ließ ihn anschließend ordnungsgemäß in den Eimer fallen. Nach kurzer Zeit war die Hälfte des Rasens entsteint und Emily musste insgeheim zugeben, dass Ratzes Tipp mit der Geheimbotschaft eine wirklich geniale Idee gewesen war.

Es gab nur einen einzigen Haken: Nachdem Dennis sich eine halbe Stunde mit ganzer Kraft in seine Aufgabe reingeschafft hatte und einfach keine Geheimbotschaft zu finden war, verlor er die Geduld.

»Ihr habt mich angelogen!«, schrie er plötzlich los. »Ihr wollt bloß, dass ich alles aufräume!«

»Klar«, zischte Emily. »Was hast du denn gedacht?«

Dennis' Augen verengten sich. Wutschnaubend sah er

seine Schwester an. »Zicke! Blöde, alte, stinkpupige Zicke!«
Er packte den Eimer und machte Anstalten, sämtliche Steine wieder auszukippen. Zum Glück reagierte Maleen blitzschnell. Sie sprang auf ihn zu und umfasste den Eimer so fest mit ihren Händen, dass Dennis ihn nicht mehr herumdrehen konnte.
»Hör nicht auf sie«, raunte sie ihm zu. »Sie will dich doch bloß ärgern. Natürlich gibt es eine Geheimbotschaft. Und wenn du willst, helfe ich dir suchen.«
»Echt?«
Verzückt blinzelte Dennis in Maleens blaue Augen. Es war total ungewöhnlich, dass eine Freundin seiner großen Schwester so nett zu ihm war. Plötzlich fand er Maleen wunderschön. Sie hatte so große Augen und so lange blonde Haare! Irgendwie sah sie aus wie ein Engel ... Und auch ein bisschen wie ein Popstar.
»Echt.«
Maleen schnappte sich gleich zehn Steine auf einmal und ließ sie in den Eimer fallen.
»Du hast ja gar nicht geguckt«, sagte Dennis vorwurfsvoll. »Wenn da jetzt auf einem die Botschaft drauf war ...«
»Oh ...«, rief Maleen. »Prima, dass du so gut aufgepasst hast!«
Dennis strahlte. Und er fasste einen Entschluss: Er würde höllisch aufpassen, dass sie nichts übersah. Mit Geheimbotschaften war wirklich nicht zu spaßen.
Und so heftete er seine Augen mit ernster Miene auf Ma-

leens Finger, die die sorglos in den Eimer geworfenen Steine wieder herausnahm und von allen Seiten betrachtete.
»Nichts«, sagte sie und lächelte Dennis an.
»Wieso bist du so nett zu dem?«, sagte Emily missbilligend. »Wenn der nicht mehr helfen will, soll er gehen.«
»Ach, lass ihn doch«, erwiderte Maleen. »Er macht doch gar nichts.« Sie zwinkerte Dennis zu und der grinste dankbar zurück.
»Emily ist doof«, wisperte er verschwörerisch.
»Große Schwestern sind immer doof«, raunte Maleen ihm zu.
Dabei dachte sie natürlich weniger an Emily als an ihre eigene große Schwester Pamela, sechzehn Jahre alt und eingebildet wie sonst was. Die alte Pute hatte Maleen doch noch nie ernst genommen. Klar, sie war nicht nur älter, sie war außerdem auch was Besonderes. Weil sie so genial gut reiten konnte. Außerdem sah sie toll aus und wurde von allen umschwärmt. Vor allem von ihrer Mutter. Die tat alles, um aus Pamela einen ganz großen Star zu machen. Manchmal kochte Maleen deswegen fast vor Neid.
Bis vor einem Jahr war das alles ja noch nicht so superdramatisch gewesen. Da hatte Papa noch bei ihnen gewohnt. Und mit dem hatte sich Maleen schon immer besser verstanden als mit ihrer Mutter. Aber dann hatte es immer häufiger Streit gegeben und schließlich war ihr Vater ausgezogen. In ihr Ferienhaus nach Südfrankreich. Und seitdem sah Maleen ihn so gut wie überhaupt nicht mehr.

Klar, manchmal rief er an. Am Anfang war das auch noch ziemlich oft gewesen. Und besucht hatte sie ihn natürlich auch schon. Aber in der letzten Zeit hatte sie schon länger nichts mehr von ihm gehört. Dabei hatte sie seinen Anrufbeantworter schon zweimal randvoll gequatscht. Aber er meldete sich einfach nicht.

Seufzend nahm Maleen den nächsten Stein vom Boden auf. Sie machte sich große Sorgen. Vor allem jedoch war sie sauer. Und enttäuscht. Und deshalb hatte sie auch keine Lust, ihn zu besuchen. Sollte er sich doch melden!

»Pass auf!«, schrie Dennis. »Da ist was!«

Er riss ihr den Stein aus der Hand und ließ ihn so eilig ins Gras zurückfallen, als wäre er vergiftet oder hochexplosiv.

»Was denn?«, stieß Maleen erschrocken hervor.

»Die Botschaft!«

Mit spitzen Fingern nahm Dennis den Stein wieder auf. Er drehte ihn herum und hielt ihn Maleen triumphierend unter die Nase. Und da war tatsächlich etwas: ein großes, fein säuberlich ausgemaltes rotes Herz.

»Das ist doch keine Geheimbotschaft«, sagte Maleen.

Trotzdem fing ihr Herz an zu klopfen. Sie dachte an Jesper hoch oben im Kastanienbaum. Sie sah seine hellbraunen Augen und wie er sie angeschaut hatte und schon trommelte es immer schneller. Jesper musste den Herzstein in den Garten geschmissen haben, das war klar. Aber was hatte es zu bedeuten? Dass er eine von ihnen besonders mochte? Und wenn ja – welche?

Auf einmal wurde Maleens Brust ganz eng. Sie konnte damit wohl kaum gemeint sein. Schließlich gehörte sie erst seit Kurzem zu den Pfeffermiezen. Jesper hatte sie kaum richtig gesehen, geschweige denn, kennengelernt. Warum sollte er also ausgerechnet ihr ein Herz schicken?

Andererseits ... Wieso eigentlich nicht?

Maleen schluckte und ließ den Stein hastig in der Tasche ihres Jeansrocks verschwinden.

»He!«, schrie Dennis. »Was machst du denn da? Das ist doch ...«

»Was denn, Monster?«, fragte Emily, während sie den Colakasten zum Loch über dem Gemüselagerraum schleppte. Maleen presste den Zeigefinger an ihre Lippen und schaute Dennis mit eindringlichem Blick an. Der Kleine hob erstaunt die Augenbrauen, doch er kapierte sofort.

»Nix, gar nix«, sagte er. »Ich hab bloß gedacht, Maleen hat was gefunden. Hat sie aber nicht.«

»Wär ja auch ein Wunder, wenn du mal was Brauchbares denken würdest«, entgegnete Emily.

Sie setzte den Kasten auf dem Boden ab, zog den Holzdeckel zur Seite und warf das Seil hinunter.

»Hilf mir mal!«, rief sie Maleen zu, packte das Seil an seinem oberen Ende und schwang sich in das Loch.

»Mach weiter«, sagte Maleen und klopfte Dennis auf die Schulter. »Ich komm sofort wieder.«

Sie sprang auf, rannte zu dem Loch hinüber und reichte Emily den Colakasten in den Lagerraum hinunter.

»Wo wohnen die eigentlich, die JEAMYUS?«, fragte sie so beiläufig wie möglich.
»Och, alle hier in der Siedlung«, sagte Emily. »Max gleich ein paar Häuser weiter, Nummer dreiundvierzig. Yussuf in der Boltkestraße. Nummer weiß ich nicht genau. Irgendwas mit sechsundsiebzig oder so. Ist so ein hellgelbes Haus. Ganz frisch gestrichen.«
»Und ... äh, dieser Jesper?«
»Jesper?« Emilys Miene verfinsterte sich. »Drosselweg acht!« Sie schaute Maleen stirnrunzelnd an. »Wieso willst du das überhaupt so genau wissen?«
Maleen zuckte die Schultern. »Nur so. Immerhin bin ich jetzt ja auch eine Pfeffermieze, oder?«

Eine Art Erpressung

»Wenn die JEMAYUS in meinen Garten können, dann ist hier nichts mehr sicher«, verkündete Emily nach dem Abendessen.

Sie sammelte sämtliche Brotbretter ein und trug sie in die Küche.

»Was meinst du damit?«, erkundigte sich Frau Steinkamp. »Sie werden doch wohl kaum unsere Äpfel und Kartoffeln stehlen.«

»Das kann man nie wissen«, sagte Emily mit wichtiger Miene.

Dabei war sie hundertprozentig sicher, dass sich weder Max noch Jesper noch Yussuf an den Sachen ihrer Eltern vergreifen würden. Auch wenn sie erbitterte Feinde waren und sich als solche bis aufs Blut bekämpften, so gab es dennoch gewisse Regeln. Aber das musste sie ihrer Mutter ja nicht unbedingt auf die Nase binden. Immerhin war das hier ein Notfall.

»Emily, ich bitte dich.« Frau Steinkamp lachte und öffnete die Spülmaschine. »Früher, als das Obst knapp war, da sind wir in Nachbars Garten geklettert, um seine Kirschbäume zu plündern. Aber heutzutage steht doch in jedem Haus eine üppig gefüllte Obstschale auf dem Tisch.«

»Vielleicht reißen sie auch die Blumen aus«, meinte Emily, während sie die Bretter einsortierte. »Oder sie fahren mit dem Barkas umher.«

Ihre Mutter schüttelte den Kopf.

»Blumen ausreißen – ich weiß nicht. Das macht ja nicht einmal mehr Dennis. Und so große Jungs – nein, ich glaube, Blumen sind so ziemlich das Letzte, was sie in dem Alter interessiert.« Sie schaltete die Spülmaschine ein und blickte ihre Tochter äußerst amüsiert an. »Allerdings sehe ich ein, dass der Barkas schon einen gewissen Reiz auf sie haben könnte. So einen Bandensitz hätten die sicher auch gerne.«

»Siehste!«, triumphierte Emily.

Dabei hatte sie selbst bisher noch gar nicht ernsthaft darüber nachgedacht, dass der Barkas tatsächlich in Gefahr sein könnte.

»Was denn?«, erwiderte Frau Steinkamp. »Ihr habt den Jungs doch nicht etwa einen Schlüssel gegeben!«

»Natürlich nicht!«, sagte Emily erbost.

Für wie blöd hielt ihre Mutter sie eigentlich!

Allerdings war auch der Gedanke gar nicht so abwegig. Immerhin hatte sich der Barkasschlüssel vor einigen Tagen für kurze Zeit im Besitz der JEMAYUS befunden. Aber nicht, weil die Mädels ihn den Jungs freiwillig übergeben hätten – nein, nein, das Ganze war bloß ein blöder Zufall gewesen und zudem eine ultrapeinliche Geschichte, an die Emily nun wirklich nicht gerne erinnert werden wollte. Tatsache war und blieb jedoch: Die JEMAYUS hatten die Gelegenheit gehabt, sich einen Nachschlüssel anfertigen zu lassen. Und damit war das Ausmaß der Katastrophe noch viel größer als zuvor angenommen.

»Wieso kann Papa denn nicht ein paar winzige, klitzekleine Äste von der Kastanie absägen?«, bettelte Emily.

Mittlerweile war sie sogar felsenfest dazu entschlossen, sich vor ihrer Mutter auf den Boden zu werfen und ihr alle möglichen Dinge zu versprechen, wenn es denn sein musste. Auch wenn Emily sich selbst dadurch bis zur Unkenntlichkeit erniedrigen würde.

»Weil dein Vater den Baum so liebt, wie er ist«, erwiderte Frau Steinkamp. Sie ließ sich auf der gemütlichen Eckbank nieder und zündete sich eine Zigarette an. »Und weil er Pflanzen nur beschneidet, wenn es unbedingt nötig ist. Du darfst nicht vergessen, Papa ist ein echter Naturmensch.«

Ja, ja, das wusste Emily auch. Wieso kapierte Mama nur nicht, dass die Beschneidung der Kastanie genau zu diesem Zeitpunkt unbedingt nötig war, wie sie sich ausdrückte? Emily war kurz davor, die Beherrschung zu verlieren, und so platzte sie heraus: »Und du? Was machst du? Paffst mich hier voll ...«

Die Miene ihrer Mutter verfinsterte sich. »Was soll das?«, erwiderte sie. »Ich rauche immer nach dem Abendessen, das weißt du genau. Und wenn es dich stört, kannst du ja rausgehen.«
Das war ein Argument, gegen das Emily nichts mehr zu sagen wusste. Die Küche verlassen war allerdings das Letzte, was sie im Augenblick wollte.
»Es ist doch gut für Bäume, wenn man sie ab und zu beschneidet«, quengelte sie weiter. »Sie wachsen dann umso besser.«
»Ich dachte, genau das ist gar nicht in deinem Sinne«, konterte Frau Steinkamp. »Außerdem habe ich ja nun wirklich nichts mit der Behandlung der Kastanie zu tun ...«
»Aber sie steht in meinem Garten«, fiel Emily ihr ins Wort.
»Das musst du mit deinem Vater klären und nicht mit mir.«
»Aber du könntest doch ...«
Frau Steinkamp ließ ihre Tochter nun auch nicht ausreden. »Ich will aber nicht«, sagte sie entschieden. »Du bist alt genug, deine Angelegenheiten selber zu regeln.«
»Aber du weißt doch genau, wie Papa ist.«
Emily fing an zu jaulen. Sie fand es gemein von ihrer Mutter, dass die sich nicht mehr auf ihre Seite stellte. Früher hatte sie es immer getan und oft genug hatten sie sich gemeinsam gegen ihren Vater durchgesetzt. Aber jetzt gab es für Mama ja bloß noch Dennis – Dennis hier, Dennis da, Dennis hinten, vorne, überall. Emily hätte dem kleinen Nervmonster schon mindestens tausendmal den Hals

rumdrehen können. Und dann hatte Maleen vorhin auch noch so getan, als ob er der netteste Kerl von der ganzen Welt wäre. Emily durfte gar nicht daran denken, schon bebte sie vor Zorn. Die Kacke dampfte in dicken Rauchschwaden durch die Gegend und das Maß war nun wirklich mehr als übervoll.

Wütend funkelte sie ihre Mutter an, die genüsslich an ihrer ultragiftigen Zigarette zog, und fauchte: »Na, ihr werdet schon sehen, dann hau ich eben ab!«

Es ist immer gut, was in petto zu haben …

»Wo willst du denn jetzt noch hin?«, fragte Pamela im Gouvernantenton.
Maleen zuckte die Achseln. »Noch mal kurz weg.«
Ihre große Schwester stemmte die Hände in die Hüften und nickte zum Fahrrad hin, dessen Lenker Maleen mit beiden Händen umklammert hielt.
»Das seh ich, ich bin ja nicht blind«, brummte sie. »Ich will wissen, wohin.«
»Seit wann interessiert dich das?«, schnappte Maleen und machte Anstalten, aufzusteigen und davonzuradeln. Doch ihre Schwester hielt sie am Pulli fest.
»Hierbleiben! Ich will eine Antwort, sonst sag ich's Mama.«
Blöde Kuh!, dachte Maleen. Aber da sie wusste, dass mit Pamela nicht zu spaßen war, gab sie klein bei.

»Nur mal kurz nach den Ponys auf der vorderen Koppel schauen«, sagte sie.
»Ach?« Ihre Schwester legte den Kopf in den Nacken und blickte von oben herab auf Maleen hinunter. »Um die hast du dich doch noch nie gekümmert.«
»Ich hab's mir eben anders überlegt«, erwiderte Maleen. »Ponys sind doch niedlich. Je mehr ich mit ihnen zu tun hab, desto weniger Angst hab ich bestimmt auch vor den großen Pferden.«
»Was sind das denn für neupsychologische Macken?«, brummte Pamela. »Aus dir wird doch nie eine Pferdenärrin.«
Es klang verdammt abfällig, wie sie das sagte. Doch Maleen kümmerte es nicht weiter. Sie war es gewohnt, dass ihre Schwester so mit ihr sprach. Leute, die beim Anblick eines Pferdes nicht sofort vor Begeisterung in Ohnmacht fielen, waren bei Pamela direkt unten durch. Menschen zweiter Klasse sozusagen.
»Und wenn's funktioniert?«, gab sie zurück.
»Dann fress ich meine Gerte, darauf kannst du dich verlassen«, entgegnete Pamela grinsend. »Na, meinetwegen, mach doch, was du willst.«
Von einer Sekunde auf die andere veränderte sich ihr Gesichtsausdruck. Plötzlich sah sie überhaupt nicht mehr schnippisch aus, sondern wie die Güte in Person. Sie schaute allerdings auch nicht mehr in Maleens Gesicht, sondern über sie hinweg in die Ferne.
Maleen wandte sich um und spähte in dieselbe Richtung.

Aber alles, was sie dort entdecken konnte, war Darius, der neue Stalljunge. Er trug eine schmuddelige, alte Joppe, eine dreckige schwarze Hose und Reitstiefel aus Gummi, die bis zum Knöchel mit Pferdemist verziert waren.
Als er Pamelas Blick bemerkte, überzog sich sein Gesicht so plötzlich mit einem leuchtenden Rot, als wäre eine Ampel umgesprungen. Maleen guckte wieder zu ihrer Schwester zurück und stellte fest, dass auch sie aussah wie ein rosa Luftballon und außerdem ziemlich dämlich grinste.
Was war denn hier auf einmal los? Seit Anbeginn aller Urzeiten hatte es für Pamela nur einen Einzigen gegeben. Und das war Sebastian, der junge Reitlehrer. Er war fünf Jahre älter als Pamela und hatte sich zuerst überhaupt nicht für sie interessiert. Doch seit über einem Jahr waren die beiden nun ein Paar und Maleen hätte nicht im Traum daran gedacht, dass sich das jemals ändern könnte.
Wie Sebastian das wohl sah? Wenn er Pamela wirklich liebte, dann müsste er doch tierisch eifersüchtig sein! Aber vielleicht wusste er ja auch noch gar nichts davon, dass sich zwischen Darius und seiner Freundin etwas anbahnte ...
Ja – je länger Maleen darüber nachgrübelte, desto mehr hielt sie genau das für das Wahrscheinlichste. Und im selben Augenblick wurde ihr bewusst, was das für sie selbst bedeutete.
Bisher war Pamela immer das Vorbild, die Superreiterin, die Makellose gewesen. Mindestens dreimal am Tag hatte

Maleen sich von ihrer Mutter anhören müssen, wie toll die große Schwester doch war. Und Pamela durfte Maleen trietzen, so viel sie wollte. Aber damit schien es jetzt wohl erst mal vorbei zu sein.

Ihrer Mutter war es nämlich garantiert nicht egal, wenn Pamela sich auf einmal mit dem niederen Personal abgab. Und Sebastian interessierte das bestimmt ebenfalls.

Maleen lächelte zufrieden in sich hinein.

»Ich fahr dann mal«, sagte sie. »Zu den Ponys ...«

Pamela nickte nur beiläufig.

»Ja, ja, mach schon, aber komm nicht zu spät zurück.«

»Aber klar doch, Schwesterchen«, gab Maleen fröhlich zurück. »Bis später. Und amüsier dich schön.«

»Was soll das denn heißen?«, zischte Pamela, die mit einem Schlag wieder ganz finster aussah.

»Och, das weißt du schon. Und wenn ich doch nicht so ganz pünktlich heimkommen sollte, dann fällt dir bestimmt was ein, was du Mama sagen kannst.«

Pamela verzog ihr Gesicht zu einer Fratze. »Zecke!«, zischte sie und gab Maleen einen Schubs. »Hau bloß ab!«

Nichts lieber als das, dachte Maleen, schwang sich auf ihr Rad und brauste davon.

Herzklopfen an Halsverrenkung

Zwanzig Minuten später bog Maleen in den Drosselweg ein. Sie bremste ab, stieg vom Rad und ging die letzten paar Meter zu Fuß. Inzwischen war es Viertel nach sieben. Jesper wohnte in einem doppelstöckigen Einfamilienhaus. Es war weiß verputzt und hatte dunkelbraune Fensterrahmen. Neben der Eingangstür standen zwei Pflanzkübel mit bunten Blumen. Maleens Finger schwitzten so sehr, dass ihr beinahe der Lenker aus den Händen glitschte, als sie das Fahrrad neben den Mülltonnen abstellte.

Ihr Herz raste wie verrückt und ihr Gesicht war glühend heiß. Wahrscheinlich sah sie genauso aus wie Darius eben. Aber sie wollte ja auch nicht mit Jesper reden. Nein – um Gottes willen, wahrscheinlich würde sie sofort sterben, wenn sie ihn noch einmal sah.

Sie wollte ihm einfach nur den Herzstein zurückgeben. Mit einer kleinen Botschaft darauf. Maleen zog den Stein

aus der Hosentasche und drehte ihn zwischen den Fingern. Auf der einen Seite befand sich das Herz, das Jesper gemalt hatte, und auf der anderen – ihr eigenes. In Blutrot. Aber natürlich ohne Namen. Ein paar Sekunden sah sie es an, dann spitzte sie ihre Lippen und drückte es hastig dagegen. Mit glühenden Backen legte sie den Stein auf der Fußmatte vor der Haustür ab.
Maleen richtete sich wieder auf und atmete einmal tief durch, um sich zu beruhigen, was natürlich vollkommen zwecklos war. Ihr Herz tanzte immer noch wie ein wild gewordener Punchingball in ihrer Brust herum. Aber sie war noch nicht zu Ende mit der Ausführung ihres Plans.
Maleen sah sich nach einem geeigneten Versteck um, dann drückte sie auf den Klingelknopf, rannte sofort wieder zurück und hechtete hinter die Mülltonnen neben der Eingangspforte. – Hoffentlich war überhaupt jemand zu Hause. Ach was, jemand – es musste schon Jesper sein, sonst machte die ganze Aktion ja überhaupt keinen Sinn.
Maleen ging auf die Knie und lugte vorsichtig hinter einer der Tonnen hervor zum Haus hinüber. Doch zunächst tat sich gar nichts. Sekundenlang. Minuten ... So kam es ihr jedenfalls vor. Maleen wollte schon aufgeben, den Stein wieder zurückholen und unverrichteter Dinge nach Hause fahren – da öffnete sich plötzlich doch die Tür und ein langer, schlaksiger Junge mit strubbeligen, kurzen Haaren erschien.
So ein Mist! Das war nicht Jesper. Der Typ sah ihm zwar irgendwie ähnlich, aber das war leider auch schon alles.

Außerdem war er blind wie ein Maulwurf. Er starrte stur geradeaus, verrenkte sich den Hals in alle Richtungen, aber auf die Fußmatte guckte er nicht, dieser Idiot! Schließlich trat er ins Haus zurück und die Tür ging langsam wieder zu.

Na ja, eigentlich war es auch besser so, dachte Maleen. Denn bestimmt hätte der Typ geglaubt, dass der Stein für ihn sein sollte, und Jesper hätte ihn gar nicht erst vor die Augen gekriegt.

Aber dann entdeckte der Junge ihn doch noch. Kurz bevor die Tür ins Schloss fiel, wurde sie nämlich wieder aufgerissen. Der Strubbelkopf hob den Stein auf, betrachtete ihn von allen Seiten und grinste über das ganze Gesicht. Wieder kam er einen Schritt heraus und blickte sich nach allen Seiten um. Dann wandte er sich in den Flur zurück und schrie: »He, kleiner Bruder! Komm mal her!«

Es dauerte keine drei Sekunden und Jesper tauchte auf. Sofort ging er dem Großen an die Gurgel. »Nenn mich gefälligst nicht immer Kleiner, ja!«

»Wieso? Biste doch, mein kleiner Bruder.«

Der Typ tätschelte Jesper den Kopf und griente sich dabei einen ab. »Hier! Das hab ich da draußen für dich gefunden.« Er hielt ihm den Stein unter die Nase.

Und obwohl Maleens Herz unmöglich noch schneller klopfen konnte, legte es noch einen Zahn zu. Bestimmt würde sie jeden Moment in Ohnmacht fallen.

»Wieso für mich?«, erwiderte Jesper und nahm seinem Bruder den Stein aus der Hand. Im nächsten Augenblick

schien er ihn zu erkennen. »Wie kommt der denn hierhin?«, stotterte er.
»Den wird dir wohl deine heiß geliebte Emily da hingelegt haben«, feixte der Große.
»Quatsch«, stieß Jesper hervor.
Aber rot wurde er trotzdem. So glühend rot, dass es nicht mal Maleen entging. Die ließ sich nun wieder ganz hinter die Mülltonnenbox zurückfallen und schluckte schwer. Was hatte der Große da gesagt? *Heiß geliebte Emily?*
Das durfte doch wohl nicht wahr sein! Emily und Jesper waren Feinde. Nein, nein, bestimmt wollte sein großer Bruder ihn damit nur aufziehen.
Maleens Herz trommelte immer noch. Aber jetzt war ihre Brust so eng, dass es schmerzte. Sie spitzte die Ohren und wartete auf das Geräusch der zufallenden Haustür. Dann sprang sie auf, stürzte sich auf ihr Fahrrad und radelte wie von der Tarantel gestochen nach Hause.

Papierbällchen ...

»Ich hab überhaupt keine Lust«, grummelte Emily am Montagmorgen, als sie, Ratze und Lou auf dem Weg zur Schule waren.
»Hast du doch nie«, sagte Lou.
»Es war aber noch nie so schlimm.«
»Och, du Arme«, flötete Ratze und strich Emily bedauernd über den kurzen braunen Haarschopf. »Dann wird das heute ja eine richtige Quälerei.«
»Blödi«, schnaufte Emily, zog ihren Kopf weg und wechselte die Position, sodass sie nun zwischen Lou und der Bordsteinkante lief.
Ratze zog einen Flunsch. Wenn Emily so miesepetrig drauf war, dass sie allerorts schlechte Laune verbreitete, war das eine Sache. Wenn sie Ratze dann auch noch anmeckerte, nur weil die versucht hatte, die Freundin aufzuheitern, war das allerdings überhaupt nicht mehr lustig.

»Ich weiß schon«, versuchte Lou, ein bisschen den Dampf aus der Sache zu nehmen. »Emily macht sich Sorgen um unseren Garten.«
»Ja, ja«, knurrte Ratze. »Kann ich mir schon denken. Am liebsten würde sie ihn wohl Tag und Nacht bewachen.«
»Und wennschon«, schnappte Emily und machte ein paar schnelle Schritte, sodass sie jetzt vor ihren Freundinnen herlief.
Lou warf Ratze einen vielsagenden Blick zu und seufzte leise. Da war im Moment wohl nicht viel zu machen und so redeten die drei Mädchen bis zur Schule kein einziges Wort mehr miteinander.
Auch Maleen schien nicht gerade in Hochform zu sein. Sie hockte bereits auf ihrem Platz neben Michael und starrte missmutig in ihr Heft. Lou ging zielstrebig zu ihr hin, legte ihr eine Hand auf die Schulter und zischte in ihr Ohr: »He, was ist los mit dir?«
»Ach nix weiter«, wisperte Maleen. »Ich hatte bloß Ärger zu Hause.«
»Wieso denn? Was denn für Ärger?«
»Ich war zu spät«, sagte Maleen knapp.
»Aber es kann doch höchstens halb sieben gewesen sein«, erwiderte Lou.
Maleen starrte weiter in ihr Heft.
»Ich war später noch mal weg«, sagte sie schließlich.
»Wo denn? Wieso das denn?«, wollte Lou natürlich sofort wissen.
»Erzähl ich dir später, okay?«

Ganz kurz nur drehte Maleen Lou ihr Gesicht zu. Und obwohl die Maleen noch gar nicht so supergut kannte, sah sie mit einem Blick, dass irgendetwas Gravierendes passiert sein musste. Hoffentlich hatte es nur mit Maleens Mutter oder ihrer Schwester Pamela zu tun, dachte Lou, während sie auf ihren Platz zusteuerte. Ein wenig erschrak sie über diesen Gedanken. Andererseits war es doch wirklich so: Wenn es nicht auch die Pfeffermiezen betraf, war es irgendwie nur drei Viertel so schlimm. Und solange mit Emily, Ratze, Maleen und Lou alles in Ordnung war, konnte jedem geholfen werden.
Natürlich hatte auch Ratze gemerkt, dass mit Maleen und Lou irgendwas im Busch war. Sie sagte aber nichts, weil etwas anderes noch mehr von ihrer Aufmerksamkeit erforderte. Mit zusammengekniffenen Augen glotzte Ratze zu Ronja, Gell und Larissa hinüber. Die drei eingebildeten Comtessenschnepfen hatten ihre hochroten Köpfe zusammengesteckt und kicherten in einem fort.
»Was die schon wieder haben«, murmelte sie. »Diese blöden Weiber.«
»Lass sie doch«, erwiderte Lou. Sie holte die Mathesachen hervor und schob anschließend ihren Rucksack unter den Tisch. »Solange sie mit sich selbst beschäftigt sind, gehen sie uns nicht auf die Nerven.«
»Wer sagt denn, dass das, was sie da gerade aushecken, nichts mit uns zu tun hat?«, brummte Ratze.
»Sie hat recht«, zischte Emily, während sie hektisch in ihrem Heft hin- und herblätterte. »Alles, was die sich in

ihrer blöden Hirnmasse bisher zusammengeschmiedet haben, hatte immer mit uns zu tun.«
Schließlich waren auch die Comtessen die erklärten Feinde der Pfeffermiezen. Gell, Ronja und Larissa waren so eingebildet, dass man davon glatt Haarausfall bekommen konnte. Lou nickte. »Zum Glück haben wir noch die JEMAYUS«, sagte sie, »während die Zicken da vorne sich ausschließlich mit uns vergnügen müssen.«
»Och, die Armen!« Emily kicherte. Endlich war sie wieder in ihrem Element. Für einen Moment vergaß sie sogar all den Ärger mit dem Kastanienbaum. »Sie tun mir wirklich leid. Ich kann euch gar nicht sagen, wie. Ich finde, wir müssen unbedingt was dagegen unternehmen, dass es den Comtessen langweilig wird.«
»Das glaube ich nicht«, erwiderte Ratze, die gerade in Emilys Matheheft starrte.
»Bist du verrückt!«, stieß Emily leise hervor. »Wieso das denn nicht?«
»Ganz einfach«, erklärte ihr die Freundin. »Erstens scheinen sich die Schnepfen im Moment auch ohne uns prächtig zu amüsieren. Und zweitens hast du sowieso gerade was anderes zu tun.« Ratze schob Emily ihr eigenes Heft hinüber. »Nämlich Hausaufgaben abschreiben. Sieht glatt so aus, als hättest du sie vergessen.«
»Tatsächlich!« Perplex schaute nun auch Emily in ihr Heft. »Deshalb habe ich sie eben auch nicht gefunden.« Hastig kramte sie den Füller aus ihrer Schlampertasche und machte sich an die Arbeit. Herr Breitenbein, der

Mathelehrer hatte immer etwas Verspätung. Vielleicht reichte die Zeit ja noch ... Unterdessen glotzten Ratze und Lou weiter fasziniert zu den Comtessen hinüber, die inzwischen damit begonnen hatten, kleine Papierkügelchen zu drehen und Maleen und Michael damit zu bewerfen.

Lou schüttelte den Kopf. »Dass die sich nicht zu fein dazu sind! So was Rüpelhaftes passt doch überhaupt nicht zu denen.« Sie guckte zu Maleen hinüber, die noch immer mit ernstem Gesicht auf ihrem Platz saß und auf das Papierkügelchenbombardement gar nicht reagierte. Als sie Lous Blicke bemerkte, zuckte sie nur die Achseln und verdrehte die Augen.

Das nächste Teil, das Ronja lospfefferte, landete direkt auf Michaels Nasenspitze. Augenblicklich wurde der so rot wie ein Feuerwehrauto.

»Pass auf!«, zischte Lou und pikste Ratze ihre Ellenbogen in die Seite. »Gleich explodiert der.«

»Und was dann passiert, ist ja wohl klar«, murmelte Emily, während sie eifrig weiter Matheaufgaben abkritzelte. »Überschwemmung!«

Ratze und Lou grinsten.

Michael hatte nämlich eine ungewöhnlich feuchte Aussprache. Deshalb vermieden es die meisten, überhaupt mit ihm zu reden. Und wenn es sich nicht umgehen ließ, musste man den Moment, in dem Michael mit seiner Antwort loslegte, genau abpassen, um sich rechtzeitig in Deckung zu bringen. Oder man hatte einen Rettungsabwehrschirm dabei. Doch Michael explodierte nicht, sondern starrte nur mit hochrotem Gesicht weiter in seine Unterlagen.

»Der ist gar nicht sauer«, stellte Lou fest. »Der ist verlegen.«

»Genauer gesagt, er ist verknallt«, präzisierte Ratze.

»Wie, verknallt?« Emily hob verwirrt den Kopf. »In wen denn verknallt?«

»Na, in Ronja.« Lou schüttelte ungläubig den Kopf. »Die ist nämlich genauso rot wie er.«

»Völlig unmöglich«, murmelte Emily. »Ronja in Michael? Niemals!«

Sie vergaß völlig, dass sie eigentlich was Besseres zu tun hatte, als zwischen den Comtessen und Michael hin- und herzustarren. Und deshalb hatte sie ihre Hausaufgaben auch nur zur Hälfte fertig, als Herr Breitenbein eine Minute später in den Klassenraum trat.

Zu allem Unglück forderte der Mathelehrer Emily dann auch noch dazu auf, genau die Aufgabe an der Tafel vorzurechnen, die jener Rechnung folgte, die sie als letzte aus Ratzes Heft abgeschrieben hatte.

»Rabenschwarzer Freitag«, murmelte sie, während sie sich zögernd von ihrem Platz erhob. Obwohl eigentlich erst Montag war.

»Wie bitte?«, wollte Herr Breitenbein wissen.

»Ach nix«, sagte Emily.

Doch dann hatte sie die rettende Idee. »Schwarzer Brei, hab ich gesagt ... Ich äh, äh ...«

»Ja ...?« Der Mathelehrer nickte ihr aufmunternd zu.
»Ich habe irgendwie Krämpfe«, sagte Emily und drückte sich die Hand auf den Bauch. »Durchfall ... Äh ... Wenn ich nicht sofort ...«
»Na, dann aber mal schnell«, sagte Herr Breitenbein, wies zur Tür und grinste.
Überrascht darüber, dass sie so leicht davongekommen war, flutschte Emily auf den Gang hinaus und rannte zu den Toiletten hinunter. Dort schloss sie sich in die erstbeste Kabine ein und hockte sich auf den Klodeckel. Mindestens zehn Minuten würde sie hier bleiben. Bis dahin dürfte Herr Breitenstein die Hausaufgaben auf jeden Fall durchgesprochen haben.
Mit verschränkten Armen lehnte sie sich gegen den Spülkasten und starrte an die Klotür. Lauter dumme Sprüche standen da. Zum Beispiel: *Bevor du lospupst – Hose runter! Oder: Druck in der Not macht Backen rot.* Und mindestens zehn Namenspärchen mit Herzen darum.
Prompt dachte Emily an die Comtessen. Ob Ronja tatsächlich in Michael verknallt war? Ausgerechnet in diese Sprühflasche? Eigentlich undenkbar. Andererseits war es natürlich ein gefundenes Fressen für die Pfeffermiezen. So ein wunder Punkt im Leben ihrer persönlichen Lieblingsfeindin war schon eine feine Sache. Gleich in der nächsten Pause musste mit Ratze und Lou unbedingt Kriegsrat darüber gehalten werden, wie man diese Geschichte am besten dazu nutzte, um Ronja eins reinzuwürgen.

Drei Minuten später stellte Emily fest, dass sie tatsächlich musste. Und während sie ihr Geschäft verrichtete, kam ihr – wie so oft in dieser Situation – eine glänzende Idee. Die hatte allerdings nichts mit Ronja und Michael und den Comtessen zu tun, sondern mit den JEMAYUS und dem ungesicherten Garten. Auf einmal wusste Emily nämlich, wie sie zumindest den Barkas vor unbefugtem Zutritt sichern konnte.
Vor lauter Begeisterung über ihren genialen Einfall verließ sie die Toilette früher als ursprünglich geplant, raste nach oben – und kam dummerweise rechtzeitig zum Lösen der letzten Mathehausaufgabe in die Klasse zurück.

... mit Botschaft

»So eine Pleite«, meckerte Emily, nachdem der Pausengong aus den Lautsprechern ertönt war. »Ich könnte mich in den Hintern beißen! Wieso bin ich nicht noch ein paar Minuten länger auf dem Klo geblieben?«

Lou holte eine Banane aus ihrem Rucksack. »Ich wette, der Breitenbein hätte dich sowieso an die Tafel geholt«, meinte sie.

»Woher willst du das wissen?«, fragte Emily.

»Ach, er hat so eine ultrablöde Bemerkung gemacht«, erwiderte Ratze.

Lou fing an zu kichern. »Genau. Nach ungefähr fünf Minuten, als du immer noch nicht zurück warst, hat er gemeint, du hättest heute Morgen wohl eine ganze Badewanne leer gesoffen.«

»Gesoffen?« Emily schüttelte den Kopf. »Das hat er wirklich gesagt? Ein feiner Lehrer ist das. Ein Glück, dass wir ihn nicht in Deutsch haben.«

Mittlerweile war ihr Unmut über die Glanzleistung – ha, ha, ha! –, die sie vor einer halben Stunde an der Tafel hingelegt hatte, verflogen. Eine einzige winzige, kleine Fünf unter lauter Zweiern und Dreiern würde ihr am Ende wohl kaum etwas anhaben können. Und ein Brett vorm Kopf konnte schließlich jeder mal haben.

Inzwischen hatte Maleen ihre Sachen zusammengeräumt und schlenderte zu ihren Freundinnen hinüber.

»Na, ihr Trödeltrinen«, scherzte sie. »Wollt ihr heute gar nicht raus?«

»Aber klar doch«, erwiderte Ratze. Sie nickte zur Tür. »Der Breitenbein steht da auf dem Gang und quasselt mit der Drömmer. Sobald die fertig sind, jagt der uns sowieso runter, weil er abschließen muss.«

»Also, ich würd ja lieber in der Klasse bleiben«, sagte Maleen. »Und lesen.« Sie öffnete ihre Hand und hielt den dreien einen ganzen Haufen Papierkügelchen unter die Nasen.

»Hä, lesen? Wieso lesen?«, wollte Emily wissen.

»Na, die Dinger sind alle vollgeschrieben«, erklärte ihnen Maleen. Ihre hellen Augen funkelten. »Liebesbotschaften, wenn ihr versteht, was ich meine.«

»Von dir an Michael, was?«, prustete Lou los.

»Quatsch!«, erwiderte Maleen und errötete. Sie hatte plötzlich an Jesper denken müssen und sofort war ihr die Hitze in die Birne geschwappt. Aber zum Glück tickten ihre Freundinnen nicht, was sich gerade bei ihr abspielte. Sie hielten Maleens plötzliche Röte nämlich für Wut.

»Mach dir nichts draus«, sagte Emily und tätschelte ihr die Schulter. »Die Comtessen sind einfach ätzend. Die wollten sich damit bestimmt bloß an dir rächen, weil du ihnen mit deinen angeblichen Reitkünsten einen solchen Bären aufgebunden hast.«

Maleen senkte den Kopf. Das war eine Geschichte, an die sie nicht besonders gerne erinnert wurde. Denn damit hatte sie nicht nur die Comtessen verkohlt, sondern die ganze Schule. Und nur weil sie endlich auch mal im Mittelpunkt stehen wollte.

»Ich glaub ja eher, dass die direkt für Michael waren«, wandte Lou ein. »Oder habt ihr etwa nicht gesehen, wie verlegen Ronja gewesen ist, als sie ihn auf der Nase getroffen hatte?«

»Doch.« Ratze nickte. Sie nahm Maleen eins der Kügelchen aus der Hand und pulte es auseinander. »Mein süßer Schatz«, las sie laut und verdrehte die Augen. »Wie originell«, stieß sie hervor. »Könnte glatt von Max sein.«

»Max?«, wunderte sich Maleen. »Einer von den JEMAYUS schreibt euch Liebesbriefe?«

Schon wieder wurde ihr glühend heiß hinter den Ohren. Doch diesmal kam ihr Herr Breitenbein zu Hilfe. Offensichtlich hatte der sein Gespräch mit der Kollegin Drömmer beendet und er scheuchte die vier Mädchen nun auf den Schulhof hinaus.

»Ja, Max«, beantwortete Ratze Maleens Frage, als sie zwei Minuten später durch den Sonnenschein spazierten. »Natürlich bloß aus Gag.«

»Es war einer der lustigsten Einfälle, die die JEMAYUS je hatten«, brummte Emily, biss in ihr Brötchen und kaute finster vor sich hin. »Die haben in der letzten Zeit wirklich nur noch Schrott in der Birne. Dauernd dieses blöde Liebesgedusel. Ich finde das überhaupt nicht komisch.«

Maleen schluckte. »Und wenn sie es ernst meinen?«, wandte sie vorsichtig ein. Sie wagte sich kaum vorzustellen, dass Jespers Herzstein bloß ein dummer Scherz gewesen war.

»Quatsch!«, sagte Lou sofort. »Nie im Leben.«

»Und wennschon«, meinte Ratze. »Die können uns ja meinetwegen lieben, bis sie weich und schimmelig sind. Wir haben schließlich unseren Schwur.«

Maleen nickte und starrte auf ihr angebissenes Käsebrot. Am vergangenen Samstag erst war sie im Swimmingpool zur Pfeffermieze getauft worden und hatte somit den Comtessen und den JEMAYUS ewige Feindschaft geschworen.

»Ich dachte, wir wollen das nicht mehr so eng sehen«, entgegnete Lou.

»Ha!« Emily stopfte sich den Rest ihres Brötchens in den Rachen. »Was denn sonst? Sind wir nun Pfeffermiezen oder nicht?«

Klar waren sie das. Ratze holte gleich eine Schachtel Peppermint Cats hervor und teilte die jeweiligen Lieblingssorten aus. Original Peppermint für Emily, Spearmint für Lou, Sweet Minzy für Maleen und Extrascharf für sich selbst.

»So oder so«, brachte Ratze lutschend hervor. »Entweder man ist eine Comtesse oder ein JEMAYU oder eine Pfeffermieze. Alles zusammen geht nicht.«
»Genau«, bestätigte Emily. »Schwur hin oder her: Eins von ihnen schließt automatisch die beiden anderen aus. Ist doch logisch!«
Sie steuerte eine der Steinbänke an, die am Rand der Fußballwiese standen, und ließ sich darauf fallen. »So, und jetzt lasst uns endlich mal die restlichen Papierbällchen anschauen.«
Ratze, Lou und Maleen setzten sich ebenfalls. Maleen verteilte sämtliche Kügelchen, die noch zusammengeknüllt waren, gleichmäßig unter ihnen auf. Und dann wurden sie der Reihe nacheinander aufgepult und vorgelesen. »Mein Augenstern.« – »Ich lieb dich so.« – »Mein süßer Schatz.«
»Schon wieder?«, sagte Emily und prustete los. »Die sind ja vielleicht bescheuert!«
»Hier!«, rief Ratze plötzlich und gluckste vergnüglich in sich hinein. »Ich hab einen mit Personenangabe.«
»Mit Personenangabe?« Lou runzelte die Stirn. »Was soll das denn heißen?«
Sie wollte Ratze den Zettel aus der Hand nehmen, doch die zog ihn blitzschnell zur Seite.
»Pfoten weg. Das ist meiner«, sagte sie und kicherte, während sie las: »Ich träume jede Nacht von deinen grünen Augen.«
Die Mädchen fielen fast von der Bank vor Lachen. Und

dann sagte Maleen plötzlich: »Michael hat gar keine grünen Augen.«
»Stimmt!«, rief Lou. »Aber Fabian.«
»Und der sitzt genau hinter Michael!« Ratze schlug sich gegen die Stirn. »Na logo! Ronja hat eigentlich Fabian bombardiert.« Sie sauste von der Bank hoch und fing an, im Kreis herumzuhüpfen. »Ronja ist in Fabi verknallt! Ronja ist in Fabi verknallt!«
»Na und?«, brummte Emily.
Diese ach so sensationelle Erkenntnis berührte sie kein bisschen. Fabian war ein netter Junge. Zumindest mit ein bisschen gutem Willen. Er benahm sich Mädchen gegenüber immer freundlich und hilfsbereit und er sah ganz passabel aus. Ronja hatte ihn jedenfalls nicht verdient. Emily wäre es wirklich tausendmal lieber gewesen, wenn die blöde Comtessenschnepfe sich in den um sich spuckenden Michael verknallt hätte. Dann hätte es wenigstens was zu ätzen gegeben. Aber so ...
»Leute, wir haben wirklich andere Sorgen, oder?«
»Du meinst doch nicht schon wieder den Garten, oder?«, erwiderte Lou genervt.
»Genau den meine ich«, bestätigte Emily. »Und ihr werdet es mir wahrscheinlich nicht glauben, Mädels, aber eben auf dem Klo hatte ich eine super Idee, wie wir wenigstens den Barkas schützen können.«
»Aha«, sagte Ratze. Sie hörte auf zu hüpfen und ließ sich wieder neben Maleen auf die Bank plumpsen. »Und wie?«
»Mit Strom.«

»Du spinnst ja!« Lou betippte sich ausgiebig die Stirn. »Willst du die JEMAYUS etwa umbringen?«
»Quatsch!«, entgegnete Emily. »Doch nur mit 220 Volt. Davon ist noch nie jemand gestorben.«
»Ich weiß nicht«, meinte Maleen. »Ich finde Strom schon ziemlich gefährlich.«
»Ach!« Emily machte eine wegwerfende Armbewegung. »Ihr feigen Schachteln. Ihr müsst ja nicht mitmachen. Ist schließlich mein Garten und mein Barkas.«
»Auf einmal, ja?«, rief Ratze empört. »Ich denke, wir sind eine Bande und uns gehört alles zusammen.«
»Schon«, gab Emily zu. »Aber wenn euch das alles nicht wertvoll genug ist ...«
»Jetzt red mal nicht so 'n Stuss«, fauchte Ratze. »Natürlich ist es uns das wert. Aber doch nicht um jeden Preis.«
Emily kniff die Augen zusammen und starrte finster vor sich hin. »Ich mach das jedenfalls mit dem Strom. Ob ihr wollt oder nicht. Ihr könnt euch derweil ja um die Liebesangelegenheiten der Comtessen kümmern.«
»Was gibt es denn da zu kümmern?«, entgegnete Lou. »Sollen wir etwa durch die Klasse posaunen: ›Ronja liebt Fabian – Dädädädä!‹«
Emily zuckte die Schultern. »Zum Beispiel. Wenn euch nichts Besseres einfällt.«
»Dann mach du doch einen Vorschlag«, sagte Ratze.
»Wieso denn?«, erwiderte Emily. »Meine Vorschläge sind im Moment ja eh nicht gefragt.«
»Jetzt sei doch nicht gleich beleidigt«, stöhnte Lou. »Nur

weil wir das mit dem Strom nicht gut finden, heißt das doch noch lange nicht, dass alle deine Ideen nichts taugen.«
»Ach komm«, sagte Emily. »Ich wette, die Idee, die mir soeben wegen Ronja gekommen ist, gefällt euch genauso wenig.«
»Lass doch erst mal hören«, ermunterte Ratze ihre Freundin.
Natürlich zierte Emily sich zuerst ein bisschen. Nachdem Ratze, Lou und Maleen ihre Stromidee niedergemacht hatten (diese Banausinnen!), benötigte Emily dringend ein wenig Aufmerksamkeit. Ihre drei Freundinnen sollten sie bloß nicht für entbehrlich halten!
»Jetzt sag endlich!« Lou pikste Emily ihren Zeigefinger zwischen die Rippen. »Und mach nicht so ein Bohei!«
»Also gut«, sagte Emily. »Ich finde ja, dass Fabian viel zu nett für Ronja ist.«
Maleen, Ratze und Lou zuckten die Achseln.
»Und?«, meinte Ratze schließlich. »Was hat das denn nun mit deiner Idee zu tun?«
»Ganz einfach«, erwiderte Emily. »Wir sollten sie lieber mit Michael verkuppeln.«
Ratze, Maleen und Lou machten große Augen. Für einen Augenblick blieb ihnen glatt die Spucke weg. Liebeskuppeleien gehörten doch eigentlich nicht in ihren Tätigkeitsbereich. Oder?
»Und was ist, wenn Fabian Ronja auch mag?«, wandte Maleen ein.

»Dann spannen wir ihn ihr eben aus«, entschied Emily. Lous Augen wurden immer größer. In Emilys Gehirnwindungen musste gerade eine ganz spezielle Sicherung durchgeknallt sein.

»Du tickst ja nicht mehr sauber«, stieß auch Ratze hervor und machte dabei eine wedelnde Handbewegung vor ihrem Gesicht.

»Seht ihr«, schnappte Emily. Sie kreuzte die Arme über der Brust und warf ihren Kopf zurück. »Ich hab's doch gewusst. Dann macht euren Mist doch gefälligst alleine.« Sie warf den dreien noch einen wütenden Blick zu, drehte sich auf dem Absatz um und stapfte ins Schulgebäude zurück.

Nicht ganz die Wahrheit

»Was ist denn los mit Emily?«, fragte Maleen Lou, als die beiden nach der Schule gemeinsam zum Reiterhof fuhren.

An diesem Nachmittag sollte Lou ihre erste richtige Reitstunde haben und sie hatte mit ihrem Vater und Maleens Mutter verabredet, dass sie vorher gar nicht erst nach Hause kommen, sondern gleich bei Maleen zu Mittag essen würde.

»Ach, die ist eben so«, brummte Lou. »Wenn sie ihren Willen nicht durchsetzt, wird sie kratzbürstig. Aber irgendwann kriegt sie sich schon wieder ein. Es kann ja schließlich nicht immer nur nach ihrem Kopf gehen.«

Maleen sah die Sache allerdings nicht ganz so gelassen wie ihre Freundin. »Meinst du, sie lässt uns jetzt gar nicht mehr in ihren Garten?«, fragte sie.

»In unseren«, betonte Lou.

»Aber sie hat vorhin doch selber gesagt, dass es ihrer

ist«, wandte Maleen ein. »Immerhin liegt er ja auch auf ihrem Grundstück.«
Lou schüttelte den Kopf, sodass ihre roten Locken wie Spriralfedern auf ihren Schultern tanzten.
»Das wagt sie nicht. Nie im Leben. Immerhin gehört uns der Swimmingpool gemeinsam. Der CD-Player ist von Ratze und von mir liegt auch jede Menge Zeugs im Barkas rum.« Sie seufzte leise. »Emily hat noch nie länger als einen halben Tag geschmollt.«
Doch so richtig überzeugt war sie diesmal nicht. Irgendwas war anders. Ob es tatsächlich nur daran lag, dass es Jesper gelungen war, in ihren Garten einzudringen? Vielleicht war diese Tatsache für Emily ja wirklich eine ernsthafte Bedrohung.
Lou dagegen fand die Geschichte jetzt – nach einem Tag Abstand – eigentlich gar nicht mehr so schlimm. Sie konnte sich nicht so recht vorstellen, dass Jesper, Max und Yussuf von nun an ständig in ihrem Garten herumhängen würden. So supereasy war es schließlich nicht, sich von der Kastanie auf die wilde Wiese fallen zu lassen. Ein bisschen Mut gehörte schon dazu.
Und selbst wenn einer der JEMAYUS den Garten noch mal betreten würde, so konnte man doch alles, was wichtig war, in den Barkas einschließen. Es war überhaupt nicht notwendig, das Auto auch noch unter Strom zu setzen. Nee, also, das, was Emily da so vorschwebte, war in der Tat ein wenig übertrieben.
»Aber ihre Idee, Ronja wegen Fabi eins auszuwischen,

finde ich gar nicht so schlecht«, sagte Maleen. »Wir sollten da noch mal drüber reden. Mit Emily natürlich.«
»Vergiss es«, brummte Lou. »Wenn überhaupt, dann muss Emily damit anfangen.«
Maleen schüttelte den Kopf. »Das find ich aber blöd.«
Lou seufzte leise. Insgeheim musste sie Maleen recht geben.
Sie fand es ja selber nervig, immer wieder auf Emilys Starallüren Rücksicht nehmen zu müssen. Irgendwann war auch mal Schluss mit lustig.
»Blöd ist es schon, da hast du recht«, murmelte sie. »Schließlich hat Emily ja selbst gesagt, wir sollen unseren Mist alleine machen.«
Maleen nickte. Sie dachte an Jesper und auf einmal hatte sie eine Idee.
»Wir könnten einen Liebesbrief schreiben.«
»Und dann?«
»Ihn Ronja zwischen die Sachen stecken«, sagte Maleen.
»Du meinst, wir sollen so tun, als ob er von Fabian ist?«, versicherte sich Lou.
»Genau. Und Michael schmuggeln wir ebenfalls einen unter.«
Lou guckte Maleen mit blitzenden Augen an. Ganz ohne Frage, sie hatte Feuer gefangen. Und sie hatte noch eine Idee.
»Wir arrangieren für die beiden ein Rendezvous!«, rief sie. »Ha! Ich freu mich schon auf Ronjas Gesicht.«

Maleen nickte. Beim Stichwort Rendezvous dachte sie noch intensiver an Jesper. Wie gerne hätte auch sie eine Verabredung! – Mit ihm. Vielleicht war die Bemerkung seines Bruders bezüglich Emily ja gar nicht ernst zu nehmen, sondern bloß ein blöder Scherz. Ach, wie leicht könnte ihr ums Herz sein, wenn sie Gewissheit hätte! Ob sie eventuell mit Lou darüber reden konnte?
Vorhin, zu Beginn des Unterrichts, da war sie noch fest dazu entschlossen gewesen. Jetzt allerdings, nachdem ihr klar geworden war, wie Emily sich anstellen konnte, war Maleen sich nicht mehr sicher, ob sie die Sache mit Jesper und dem Herzstein überhaupt erwähnen sollte. Andererseits würde sie Lou natürlich erklären müssen, wieso sie gestern Abend noch einmal weg gewesen war. Immerhin hatte sie ihr das ja schon erzählt. Und plötzlich hatte sie eine Idee.
»Liebesangelegenheiten sind immer spannend«, sagte Maleen. »Meine Schwester hat da gerade auch was laufen. Ich glaube, sie hintergeht Sebastian.«
»Wie kommst du denn darauf?«, fragte Lou.
»Ich hab sie gestern Abend beobachtet, wie sie sich mit Darius getroffen hat. Das ist unser neuer Stalljunge.«
»Aha.« Lou kapierte. »Deshalb warst du also noch mal weg.«
Mittlerweile hatten die beiden Mädchen das Tor des Reiterhofs erreicht. Sie sprangen von den Rädern herunter und schoben sie über den Vorplatz auf das Stallgebäude zu.

»Genau«, sagte Maleen. »Pamela hat allerdings keine Ahnung davon, dass ich das mit Darius weiß.«
»Und deine Mutter?«
»Spinnst du? Die natürlich auch nicht.« Maleen schüttelte energisch den Kopf. »Ich hab ihnen erzählt, dass ich gestern Abend noch mal auf der Koppel war. Wenn Pamela mich allerdings das nächste Mal verpetzen will, dann kriegt sie's um die Ohren. Darauf kannst du dich verlassen.«
Lou nickte. Eigentlich hatte sie es immer blöd gefunden, dass sie ohne Geschwister aufgewachsen war, aber wenn sie an Emilys fünfjährigen Nervbruder Dennis dachte oder an Maleens ältere Schwester, dann war sie inzwischen manchmal sogar richtig froh darüber. Als Einzelkind hatte man nur halb so viele Probleme und immer seine Ruhe. Außerdem kam Lou mit ihren Eltern ziemlich gut klar. Nee, sie konnte sich wirklich nicht beklagen. Sie reckte ihren Hals und spähte in Lailas Box. Doch die war leer.
»Ist sie gar nicht im Stall?«
»Nee, Laila ist heute auch auf der Koppel.«
»Aber ich werde doch nachher auf ihr reiten, oder?«, fragte Lou. Gleich bei ihrem ersten Besuch auf dem Reiterhof hatte sie sich in die hellbraune Stute mit den sanften braunen Augen verguckt. Zu Laila hatte sie Vertrauen. Und zu La Belle auch. Aber alle anderen Pferde waren ihr etwas unheimlich.
»Entweder auf Laila oder auf La Belle«, sagte Maleen.

»Und gleich nach der Stunde rufen wir Ratze an und erzählen ihr von der Idee mit dem Liebesbrief für Ronja und Michael, okay?«

Alleingang, der erste

Gleich nach dem Mittagessen flitzte Emily in den Garten hinaus. Um Dennis, der sich offenbar wieder mal vorgenommen hatte, ihr auf die Nerven zu gehen, abzuhängen, nahm sie den Umweg durch den Keller. Sie sauste durch die Waschküche und die Abstellkammer, schlug die Stahltür hinter sich zu, nahm auf der Treppe, die hinter dem Haus in den Garten führte, gleich zwei Stufen auf einmal und huschte in die Werkstatt ihres Vaters, in der sie eine eigene Bastelecke besaß.
Die Waschmaschine, die sie neulich ausgehöhlt hatte, stand immer noch dort. Aber das Ding interessierte sie im Augenblick nicht. Was sie jetzt brauchte, war ein ausrangiertes Radio, ein Kabel und einen Schalter.
Fieberhaft durchwühlte Emily sämtliche Regale und Kisten. Es dauerte allerdings über eine viertel Stunde, bis sie alles zusammenhatte, was sie suchte. Unterdessen hatte Dennis sie natürlich längst gefunden.

»Was machst du da?«, fragte er und betrachtete neugierig Emilys flinke Finger, die das Gehäuse des Radios in null Komma nix auseinanderschraubten.
»Nichts«, murmelte sie.
»Das stimmt nicht«, erwiderte Dennis. »Du baust da was. Das kann ich sehen.«
»Dann frag doch nicht so blöd«, knurrte Emily. »Lass mich lieber in Ruhe.«
»Erst sagen, was du baust«, beharrte Dennis.
Er stellte sich ganz dicht neben seine Schwester und strahlte sie mit seinen dunkelbraunen Augen an.
»Hau ab!«, fauchte Emily. »Sonst schraub ich dir die Birne ab!«
Dennis grinste. »Tust du nicht.«
»Tu ich doch.«
»Dann sag ich's Mama.«
»Ohne Birne geht das wohl schlecht«, erwiderte Emily.
»Du bist ja doof«, sagte Dennis. »Ich hab überhaupt keine Schrauben.«
»Hast du wohl«, entgegnete Emily, während sie den Kondensator ausbaute.
»Hab ich gar nicht.« Dennis fing an, auf und ab zu hüpfen. »Wo denn?«
Emily sah ihn scharf an. Dann wandte sie sich wieder ihrem Radio zu. »In den Ohren«, sagte sie. »Und in der Nase.«
»Du spinnst ja.« Dennis hörte mit der Hopserei auf, steckte sich den Zeigefinger in die Nase und popelte mit einem

hochwissenschaftlichen Ausdruck im Gesicht darin herum. »Da ist keine Schraube.«
»Doch«, sagte Emily. »Ganz tief drinnen.«
»Blöde Nuss. Das stimmt gar nicht. Du willst mich veräppeln!«, schrie Dennis.
»Dann hau endlich ab!«, zischte Emily. »Lass mich in Ruhe.«
»Erst will ich wissen, was du baust.«
»Eine Bombe«, sagte Emily.
»Das stimmt nicht«, sagte Dennis. »Und ich habe auch keine Schrauben in den Ohren.«
»Wetten?«
Emily legte die Radioteile auf der Werkbank ab und hob drohend den Schraubenzieher. Augenblicklich wich Dennis einen Schritt zurück.
»Und wenn du eine Bombe baust, sag ich das Mama«, stieß er hervor.
»Petzer!«
»Selber Petzer.«
»Petze«, korrigierte Emily. Sie kniff die Augen zusammen und machte einen plötzlichen Satz auf ihren kleinen Bruder zu. »Und jetzt verpiss dich endlich, sonst schmeiß ich die Bombe in dein Zimmer.«
»Aaahh!«
Dennis riss die Arme hoch und raste brüllend aus der Werkstatt.
Emily warf die Tür zu, drehte den Schlüssel herum und baute in aller Ruhe ihren Stromkondensator fertig aus.

Mittagessen mit Überraschung

Unterdessen saßen Lou und Maleen im Esszimmer von Frau Langerfeld und schmausten Nudeln mit Paprikasoße und Salat. Maleens Mutter war supernett, fand Lou und sie verstand gar nicht so richtig, was die Freundin immer so an ihr zu meckern hatte.
»Sebastian ist ein fantastischer Reitlehrer«, sagte Frau Langerfeld lächelnd zu Lou. »Du wirst sehen, bei ihm lernt man ziemlich schnell, worauf es ankommt.«
Maleen guckte auf ihren Teller und Lou fiel auf, dass auch Pamela ihre Mutter nicht so recht anschauen konnte.
»Na ja, bei meiner Probereitstunde hab ich ja auf La Belle gesessen«, sagte Lou und legte ihr Besteck beiseite. »Und das ging eigentlich auch ganz gut.«
Frau Langerfeld nickte. »Das stimmt. Allerdings verhält La Belle sich in letzter Zeit ein wenig schreckhaft. Laila dagegen ist ein besonders geduldiges Pferd. Ich bin sicher, auf

ihr wirst du es ganz schnell schaffen.« Sie wandte sich Pamela zu. »Bist du fertig?«

Das große, schlanke Mädchen mit den langen hellbraunen Haaren nickte.

»Dann reich mir bitte mal deinen Teller rüber.«

Frau Langerfeld stand auf, streckte Pamela ihre Hand entgegen und redete dabei weiter auf Lou ein.

»Außerdem sind Sebastian und Laila ein besonders gutes Team.« Sie schüttelte den Kopf. »Ach, was sag ich – ein Herz und eine Seele. Ich spiele bereits mit dem Gedanken, ihm die Stute zum Geburtstag zu schenken.«

»Was?« Mit einem lauten Knall donnerte Pamelas Teller mitsamt dem Besteck in die Nudelschüssel. »Laila gehört doch mir!«

»Ist das etwa ein Grund, deinen Teller auf den Tisch zu schmeißen?«, erwiderte ihre Mutter seelenruhig.

Sie hatte dieselben grünen Augen wie ihre Töchter und die gleichen braunen, leicht geringelten Haare wie Pamela.

»Du kannst doch nicht einfach Laila verschenken«, sagte die Große, ohne sich um den Schaden, den sie auf dem Tisch angerichtet hatte, zu kümmern.

»Kind, ich bitte dich!« Sorgsam sammelte Frau Langerfeld die Scherben aus der Nudelschüssel. »Du hast schließlich noch La Belle. Um zwei Pferde kannst du dich gar nicht richtig kümmern. Und wenn Sebastian Laila bekommt, bleibt sie schließlich in der Familie.«

»Wieso das denn?«, fragte Maleen. Soweit sie sich erinnerte, stammte der junge Reitlehrer aus Süddeutschland und

war keinesfalls irgendwie mit ihnen verwandt. Doch dann tickte sie plötzlich, wie ihre Mutter das gemeint hatte, und fügte schnell hinzu. »Oh ja, klar. Wenn die beiden mal heiraten, nicht?«
Pamela errötete.
»Jetzt quatsch doch nicht so einen Mist!«, fauchte sie ihre Schwester an. »Du hast von so was doch eh keine Ahnung.« Dann blickte sie ihre Mutter mit zusammengekniffenen Augen an. »Und wennschon. Wenn du Laila verschenken willst, musst du mich fragen. Ganz davon abgesehen kümmert sich Darius rührend um die beiden Stuten. Ich habe also Zeit genug, mich auf die Dressur zu konzentrieren.«
»Darius wird uns verlassen«, sagte Frau Langerfeld. »Ich habe ihm zum Monatsende gekündigt.«
»Waaaas?«
Pamela starrte ihre Mutter an. Sämtliche Farbe war aus ihrem Gesicht gewichen. Sie sah aus wie ein Leinentuch.
»Aber wieso denn? Er hat doch super gearbeitet.«
Frau Langerfeld reckte ihren Hals und blickte ihre Tochter von oben herab an.
»Erstens«, sagte sie kühl, »ist das allein meine Entscheidung. Und zweitens wirst auch du irgendwann einsehen, dass es so besser war.«

Dicke Luft

»Das ist ein ganz schöner Mist«, sagte Maleen zu Lou, als die beiden Mädchen das Wohnhaus verließen.
»Aber wieso denn?«, entgegnete Lou. »Dir kann es doch völlig egal sein, wem Laila gehört.«
»Das mit der Stute mein ich gar nicht«, erwiderte Maleen und zog die Tür hinter sich zu. »Sondern die Sache mit Darius. Mama weiß was, sonst hätte sie ihm nicht gekündigt. Und jetzt habe ich nichts mehr in der Hand, womit ich Pamela in Schach halten kann.«
»Also, mir tut sie ja eher leid«, meinte Lou. »Ich finde, deine Mutter ist ganz schön gemein zu ihr. Dabei fand ich sie zuerst eigentlich ziemlich nett.«
Maleen machte eine abwehrende Handbewegung.
»Das geht jedem so. Alle Leute finden sie total sympathisch. Und zu ihren Kunden ist sie ja auch nett.«
»Außerdem hast du mir selber erzählt, dass deine Schwester ihr absoluter Liebling ist«, wandte Lou ein.

»Deshalb versteh ich gar nicht, dass sie Pamela plötzlich so fertigmacht.«
»Ich schon.«
Maleen lachte. Es klang allerdings alles andere als fröhlich.
Lou blickte die Freundin ungeduldig an.
»Sie hat was gegen Darius?«, riet sie schließlich.
Doch Maleen schüttelte den Kopf.
»Das glaube ich nicht. Sie hat eher was dagegen, dass meine Schwester was mit ihm anfängt.«
»Und wieso?«, wollte Lou wissen. »Mag sie Sebastian so gern?«
»Klar«, sagte Maleen. »Sebastian ist ein super Reitlehrer. Wer weiß, ob er hierbleibt, wenn er und Pamela sich nicht mehr verstehen. Außerdem haben seine Eltern ziemlich viel Kohle. Darius dagegen ist ein einfacher Pfleger aus Polen. Ich kann mir nicht vorstellen, dass Mama es besonders gut findet, wenn Pamela sich mit ihm anfreundet.«
Lou tippte sich gegen die Stirn. »Das ist doch bescheuert!«
»Find ich auch«, brummte Maleen. »Trotzdem freue ich mich, dass Pamela endlich auch mal eins auf den Latz kriegt. Und nicht immer nur ich.«
»Aber eben hast du doch noch gesagt, dass es dich ärgert, weil du sie jetzt nicht mehr erpressen kannst.«
»Erpressen!« Maleen schüttelte den Kopf. »Ich erpresse sie doch nicht. Ich hindere sie bloß daran, alles, was ich mache, an Mama zu verpetzen.«
Lou stöhnte leise. Wie froh konnte sie doch sein, dass ihre

Eltern völlig normal waren und keine so hochgestochenen Leistungen von ihr erwarteten, wie Frau Langerfeld es offenbar von ihren Töchtern verlangte.
Inzwischen hatten die beiden Mädchen den Außenplatz erreicht. Sebastian wartete bereits mit La Belle auf sie. Doch bevor sie ihn erreichten, wurde Maleen plötzlich an der Schulter gepackt und herumgerissen.
»Das wirst du mir büßen!«, zischte Pamela mit wutrotem Gesicht. »Du ätzende, kleine Petze!«
»Lass mich in Ruhe!«, fauchte Maleen und stieß ihre Schwester von sich weg. »Ich habe Mama gar nichts erzählt. Ich bin nämlich nicht so gemein wie du.«
»Wusst ich's doch!« Pamelas Augen leuchteten triumphierend auf. »Du hast mir nachspioniert. Und da soll ich dir glauben, dass du mich nicht verraten hast?«
»Hab ich auch nicht!«, erwiderte Maleen.
Pamela tippte sich gegen die Stirn.
»Das kannst du dem Mond erzählen«, giftete sie. »Außerdem wirst du schon sehen, was du davon hast.«
Pamela sah ihre jüngere Schwester noch einmal scharf an, drehte sich dann auf dem Absatz herum und marschierte mit strammen Schritten auf die Stallungen zu.
»He!«, schrie Sebastian ihr nach. »Wo willst du denn hin?«
Aber Pamela reagierte nicht darauf.
»Die dreht mal wieder durch!«, rief Maleen ihm zu und schwenkte demonstrativ die Hand vor ihrer Stirn. »Irgendwann kriegt sie sich schon wieder ein.«
Dabei war sie sich hundertprozentig sicher, dass das in

diesem Fall ausnahmsweise mal nicht der Fall sein würde. Noch nie war Pamela so wütend gewesen. Und soweit Maleen sich zurückerinnern konnte, hatte es auch noch nie Streit zwischen ihrer Schwester und ihrer Mutter gegeben. Denn bisher hatte Pamela immer alles gemacht, was Frau Langerfeld von ihr verlangte.

Sebastian schaute Pamela kopfschüttelnd nach und begrüßte dann Lou, die mittlerweile vor La Belle stand und ihr die flache Hand entgegenhielt. La Belle schnaubte leise und nahm das Zuckerstück, das sich darauf befand, vorsichtig mit ihren weichen Lippen auf.

»Hast du eine Ahnung, was mit ihr los ist?«, fragte Sebastian und deutete mit seinem Kinn in die Richtung, in die Pamela verschwunden war.

»Ach, bloß ein bisschen Zoff mit Mama«, meinte Maleen abwinkend.

Sie hatte keine Lust, noch mehr Öl ins Feuer zu gießen. Am Ende würde sie doch nur wieder die Dumme sein.

»Zoff?«, erwiderte Sebastian ungläubig. »Aber Pamela und ihre Mutter sind doch immer ein Herz und eine Seele gewesen.«

Maleen zuckte die Schultern. »Ich weiß auch nicht.«

»Ach, komm, hör auf«, entgegnete Sebastian. »Du weißt mehr, als du zugeben willst.«

»Und du solltest besser nicht Lous wertvolle Zeit verplempern«, konterte Maleen, nachdem sie einen Blick auf ihre Armbanduhr geworfen und festgestellt hatte, dass es bereits drei Minuten nach zwei war.

»Keine Sorge, das holen wir nach«, brummte Sebastian. »Außerdem hast du mir hier auf dem Hof am wenigsten zu sagen.«

»Genau!« Maleen verschränkte die Arme über der Brust und blitzte den Reitlehrer wütend an. »Sag ich doch die ganze Zeit.«

Lou schaute zu Maleen hinüber und zog die Mundwinkel ein. Was für eine fantastische Stimmung! Die Lust zum Reiten war ihr inzwischen komplett vergangen. Maleen seufzte leise. Es war kein großes Kunststück, Lou von der Nasenspitze abzulesen, was sie gerade dachte.

»Ich geh rüber und ruf schon mal Ratze an, okay?«, schlug sie vor.

»Okay.« Lou nickte. »Bis nachher.«

Während Maleen zum Haus zurücklief, strich sie La Belle sanft über die Stirn. »Du bist eine Gute«, flüsterte sie. »Ich hoffe, wir werden uns auch diesmal verstehen.«

»Aber sicher«, sagte Sebastian. Seine Stimme klang wieder etwas freundlicher. »La Belle hat ein fantastisches Gedächtnis. Sie weiß genau, dass du schon mal auf ihr geritten bist.«

Ungeheuerliche Geschehnisse erfordern ungeheuerliche Maßnahmen und ebenso ungeheuerliche Behauptungen

Nachdem sie ihren kleinen Bruder erfolgreich ausgesperrt hatte, werkelte Emily fieberhaft an ihrer neuesten Erfindung. Gegen halb vier am Nachmittag hatte sie dann endlich alles fertig. Sie stopfte den Kondensator mit sämtlichen Kabeln und dem Schalter in eine Tüte, damit Dennis nicht sah, was sie gebaut hatte, und sie nicht unnötig mit seinen blöden Fragen löcherte. Dann entriegelte sie die Schuppentür und trat in den Garten hinaus.

Noch immer brannte die Sonne vom strahlend blauen Himmel herunter. Es waren mindestens achtunddreißig Grad im Schatten – eigentlich wunderbarstes Badewetter. Das fand offenbar auch Dennis.

»Mama hat gesagt, ich darf in den Pool!«, krähte er von der Sandkiste herüber, als Emily gerade auf den unterirdischen Gemüselagerraum ihres Vaters zustrebte.

Da sie sich beim besten Willen nicht vorstellen konnte, dass ihre Mutter so etwas von sich gegeben hatte, beachtete Emily ihren Bruder nicht weiter, sondern öffnete die schwere Holztür, ergriff den Besenstiel und stupste damit nach alter Manier den Holzdeckel in der Decke zur Seite. Sie hatte gerade das Seil heruntergezogen, an dem sie sich auf die wilde Wiese hinaufhangeln wollte, da stürmte Dennis das Gemüselager. Er trug seine »coole«, neue Badeshorts, die ihm bis um die Knie schlabberte, und war zudem mit dem aufblasbaren Krokodil und seinen Flossen bewaffnet.

»Du spinnst ja wohl«, fauchte Emily ihn an. »Du kannst doch noch gar nicht richtig schwimmen.«

»Mama hat gesagt, ich soll mich am Krokodil festhalten.«

»Und wenn du abrutschst?«

»Dann, hat Mama gesagt, passt du auf mich auf.«

Emily schüttelte entschieden den Kopf. »Kommt überhaupt nicht infrage!«

»Aber Mama hat gesagt ...«, jaulte Dennis los.

»Mama kann sagen, was sie will«, erwiderte Emily. »Der Garten gehört mir. Und der Pool sowieso.«

»Gar nicht!«, schrie Dennis. »Der gehört auch Lou und Ratze und Maleen.«

»Eben«, schnaubte Emily. »Und die sind nicht da. Wir können sie also nicht fragen, ob sie's überhaupt erlauben.«

»Maleen ist meine beste Freundin. Und Lou auch«, behauptete Dennis.

Himmel, Hintern und Gewitterschlag! Das durfte doch alles gar nicht wahr sein! Aber was redete sie auch mit die-

sem kleinen Nervmonster? Es war noch nie etwas dabei rausgekommen!
»Ohne mich hätte Maleen nämlich die Geheimbotschaft nicht gefunden«, erzählte Dennis. »Und deshalb sind wir Freunde. Außerdem findet sie es saublöd, dass du mich immer anschreist.«
»Jetzt quatsch kein dummes Zeug«, brummte Emily. Sie zog sich ein Stück an dem Seil hoch und legte die Tüte oben auf der Wiese ab. »Das mit der Geheimbotschaft hat sie doch bloß gesagt, damit du uns beim Steine-Einsammeln hilfst.«
»Gar nicht!«, keifte Dennis. »Maleen hat den Stein mit dem Herz nämlich selber eingesteckt.«
Moment mal! Emily ließ das Seil wieder los und machte einen Schritt auf ihren Bruder zu.
»Was für ein Herz?«
»Jesper hat euch ein Herz geschickt.«
»Jesper?« Emily tockte ihrem Bruder gegen die Stirn. »Ich glaube, in deinem Vogelkäfig herrscht Überfüllung. Jesper ist unser Feind. Der verschickt keine Herzen.«
»Wohl!«, schrie Dennis. »Das ist alles wohl wahr!«
Emily stutzte. Sie kannte das kleine Nervmonster nur zu gut. Und sie sah an seinen Augen, dass er nicht schwindelte. »Woher weißt du, dass dieses Herz von Jesper ist?«, fragte sie.
»Aber das habt ihr doch selber gesagt, dass der die Steine in den Garten geschmissen hat!«, rief Dennis. »Und jetzt will ich in den Pool.«

»Vergiss es«, sagte Emily entschieden.
Sie packte ihren Bruder bei den Schultern, schob ihn in den Garten hinaus und knallte die Tür hinter ihm zu. Hastig zog sie eine Apfelkiste zu sich herüber und postierte sie vor der Tür. Dann hechtete sie zum Seil und zog sich daran auf die wilde Wiese hinauf.
Bevor Emily den Holzdeckel über das Loch zog, spähte sie noch einmal in den Lagerraum hinunter. Die Obstkiste wurde nach innen geschoben, die Tür öffnete sich und Dennis purzelte der Länge nach in die Äpfel.
»Du blöde Kuh! Das sag ich alles Mama.«
»Mach doch, Petzer!«, rief Emily grinsend zurück.
Ungerührt verschloss sie das Loch, griff nach der Tüte mit den Radioteilen und machte sich an die Arbeit.
Eine knappe halbe Stunde später war alles installiert. Derjenige, der jetzt die Fahrertür des Barkas öffnen wollte, würde ordentlich eins gewischt kriegen. Zumindest nach allen Regeln der Elektrizität. Auf eine kleine Probenummer verzichtete Emily allerdings. In diesem Fall würde sie sich schlicht und ergreifend auf ihr Wissen und ihr Können verlassen.
Nach getaner Arbeit warf sie sich im Schatten der Kastanie ins Gras und murmelte: »So, Jesper, jetzt kannst du kommen.«
Sie schloss die Augen und dachte an diesen komischen Herzstein. Ob der wirklich eine Bedeutung hatte? Vielleicht war er in Wahrheit für sie bestimmt gewesen. Emilys Herz fing an zu klopfen. Aber das war ja alles Quatsch!

Wieso sollte Jesper ihr ein Herz schicken? Doch allerhöchstens, um sie zu ärgern. Und weiß Gott! – Je länger sie darüber nachdachte, umso mehr ärgerte sie sich. Und dann hatte Dennis auch noch behauptet, dass Maleen diesen kreuzdämlichen Herzstein eingesteckt hätte. Heimlich – ohne irgendeiner von ihnen etwas zu sagen. Das war eigentlich so ziemlich das Ungeheuerlichste an dieser Geschichte. Verdammt! Hoffentlich war es kein Fehler gewesen, Maleen bei den Pfeffermiezen aufzunehmen. Immerhin hatte sie, ihre Reitkünste betreffend, schon einmal schamlos gelogen. Wer garantierte ihnen denn, dass sie nicht durch und durch eine fiese, falsche Schlange war?

Emily sprang auf, riss den Holzdeckel zur Seite und hangelte sich in den Gemüsekeller hinunter. Sie würde Maleen sofort zur Rede stellen. Doch genau in dem Moment, als sie ihr Kickboard packte, kam ihre Mutter aus dem Haus.

»Wo willst du hin?«, fragte sie streng.

»Zu Maleen«, sagte Emily, setzte einen Fuß auf die Trittfläche und wollte los. »Lou hat da Reitstunde und ...«

Frau Steinkamp ließ ihre Tochter nicht ausreden. »Warum darf Dennis nicht in den Pool?«

»Darum nicht.«

»Das ist keine Antwort.«

Frau Steinkamps Gesicht lief dunkelrot an. Normalerweise war sie nicht so leicht aus der Ruhe zu bringen.

»Weil er dadrin ersäuft, wenn er mit seinen Schwimmflos-

sen herumpaddelt«, sagte Emily. »Er kann doch gar nicht richtig schwimmen.«
Sie fand, dass das ziemlich vernünftig, vor allem aber verantwortungsbewusst klang, und rechnete fest damit, dass ihre Mutter sie für ein solches Denken lobte. Doch das Gegenteil war der Fall. Frau Steinkamp stemmte die Fäuste in die Seiten und erwiderte wütend: »Deshalb solltest du ja auch ein Auge auf ihn haben.«
Das war ja wohl die Höhe!
»Und wenn ich nun mal gerade keins frei hatte«, entgegnete Emily schnippisch. »Du kannst mir doch nicht einfach befehlen, auf Dennis aufzupassen. Du musst mich wenigstens fragen, ob ich überhaupt Zeit dazu habe.«
Verdutzt schaute Frau Steinkamp ihre Tochter an. Für einen Moment schien sie nicht so recht die passenden Worte zu finden.
»So weit kommt das noch«, stieß sie schließlich hervor. »Ich finde wirklich nicht, dass es zu viel verlangt ist, mal eine halbe Stunde auf deinen kleinen Bruder zu achten. Ich musste früher auch immer auf Tante Marliese aufpassen.«
»Und?«, schnappte Emily. »Hast du das gerne gemacht?«
»Darum geht es doch gar nicht«, erwiderte ihre Mutter. »Sondern darum, dass man in seinem Leben auch Pflichten hat.«
»Zum Beispiel Schulpflicht«, brummte Emily. »Ich brauche immer den ganzen Nachmittag, um mich davon zu erholen. Und jetzt muss ich los. Du kannst Dennis ja beim Schwimmen zugucken«, fügte sie hinzu.

»Ich zieh mich doch nicht an dem Seil hoch«, entgegnete Frau Steinkamp.
»Wieso denn nicht? Das hast du doch letztens, als der Pool aufgebaut werden musste, auch getan.«
»Das war etwas anderes«, sagte ihre Mutter entschieden.
»Nein, nein, du stellst jetzt sofort dein Kickboard wieder hin und beaufsichtigst deinen Bruder. Danach ist immer noch Zeit genug, zum Reiterhof hinauszufahren.«
Mann, oh Mann, war die hartnäckig! Emily stöhnte. Ihr Hass auf Dennis war mittlerweile so groß, dass sie bereits darüber nachdachte, wie lange sie ihn untertauchen musste, damit er nicht gleich ersoff, aber immerhin so sehr die Nase voll vom Planschen hatte, dass er den ganzen Sommer über nicht mehr in den Pool wollte. Doch dann fiel ihr noch etwas viel Besseres ein.
»Es geht überhaupt nicht«, sagte sie. »Auch wenn ich wollte. Die ganze wilde Wiese steht nämlich unter Strom.«
»Wie bitte?«
»Unter Strom«, wiederholte Emily. »Wenn Papa den Baum nicht beschneidet, muss ich den Garten ja wohl irgendwie anders vor unseren Feinden schützen.«
Sie wartete gar nicht mehr ab, wie ihre Mutter darauf reagierte, sondern nutzte den Augenblick ihrer Verdatterung und raste los.
»Bleib stehen! Emily!«, hörte sie Frau Steinkamp hinter sich herrufen. »Du bist ja wohl völlig verrückt geworden!«
Emily sauste einfach weiter. Heute Abend würde sie einen

Riesenärger kriegen. Mit ihrer Mutter und ihrem Vater. Aber das würde sie überleben. Es war nun einmal offensichtlich so, dass sie Eltern hatte, die sie nicht mehr verstanden. Was sollte Emily da tun? Die Rettung der Pfeffermiezenbande war einfach wichtiger als alles andere.

Alleingang, der zweite – diesmal zu dritt

Nachdem Lou eine Weile Auf-und-Ab-Steigen geübt und anschließend im Sattel gesessen und von Sebastian über den Vorplatz geführt worden war, fühlte sie sich wie eine alte Häsin. Mit stolz erhobenem Haupt thronte sie auf La Belle und es kam ihr so vor, als ob sie bereits ihr halbes Leben auf dem Rücken eines Pferdes verbracht hatte.
»Du machst das wirklich ganz toll«, lobte Sebastian sie. »Ich glaube, das nächste Mal versuchst du es allein.«
»Allein?«
Sebastian nickte und zeigte auf eine freie Koppel. »Ja, dort drüben. Aber keine Angst, ich werde auf Laila neben dir herreiten.«
»Ich habe keine Angst«, sagte Lou, obwohl ihr nun doch ein wenig mulmig ums Herz wurde. An einer Longe geführt zu werden, war nun doch etwas anderes, als so ein

Pferd völlig allein beherrschen zu müssen. »Aber was ist, wenn sie nicht auf mich hört?«
Sebastian lächelte. »Das wird sie.«
Und dann zeigte er Lou den ganzen Rest der Stunde, wie man ein Pferd zum Laufen und Anhalten brachte oder die Richtung bestimmte, in die es gehen sollte. Das war am allerschwersten. Die ersten paar Male zog Lou immer zu fest am Zügel, mit dem Erfolg, dass La Belle einfach stur geradeaus schritt. Doch dann lief es ganz gut. Trotzdem war Lou am Ende der Stunde fix und fertig.
»Puh!«, stöhnte sie, während sie den Helm vom Kopf nahm. »Ich hätte nie gedacht, dass Reiten so anstrengend ist.«
»Ja«, bestätigte Sebastian. »Es sieht leichter aus, als es ist. Aber warte nur ab, schon bald hast du es raus und dann ist es auch nicht mehr so mühsam.«
Lou tätschelte La Belle den Hals und bedankte sich mit sanften Worten für ihre Geduld. Die Stute schnaubte leise und pustete ihr zärtlich die roten Ponylocken aus dem Gesicht.
Lou lachte. »Ich glaube, sie mag mich.«
»Darauf kannst du Gift nehmen. Das war doch beim letzten Mal schon klar, oder?«, erwiderte Sebastian und zwinkerte ihr zu. »Und jetzt lauf rüber zu Maleen. Sie wartet bestimmt schon auf dich.«
Lou blickte in seine lächelnden hellbraunen Augen und auf einmal wurde ihr ganz warm ums Herz. Wie nett er doch war! Eigentlich konnte sie gar nicht verstehen, wa-

rum Pamela ihn mit Darius hinterging. Lou fand, dass sie total froh sein konnte, so einen tollen Typen als Freund zu haben.
»Okay, bis zum nächsten Mal«, sagte sie, winkte Sebastian noch einmal zu und rannte anschließend zum Wohnhaus hinüber.
»Stiefel aus!«, empfing sie eine harsche Stimme im Flur. Lou zuckte erschrocken zusammen. Es war Frau Langerfeld und sie sah plötzlich gar nicht mehr so nett aus wie vorhin beim Mittagessen.
»Sie war schon immer so«, sagte Maleen, als Lou ein paar Minuten später in deren Zimmer auftauchte und ihr erzählte, dass sie einen Anschnauzer von ihrer Mutter bekommen hatte. »Das Nettsein hält sie nie besonders lange durch. Ich weiß auch nicht, wieso.«
Lou pflanzte sich neben Maleen aufs Bett und blickte sich in ihrem Zimmer um. Dafür, dass Frau Langerfeld so streng mit ihrer jüngsten Tochter war, war der Raum hier ziemlich hübsch eingerichtet.
Rosa Tapete mit Blumenbordüre, durchsichtige pinkfarbene Vorhänge, ein gemütlicher Korbsessel, eine tolle alte Kommode, ein supermoderner Schreibtisch mit allem Pipapo, ein riesiges Regal, das vor Büchern und Spielen fast überquoll, ein Korbbett voller Kuscheltiere und ein total flauschiger hellgrüner Teppichboden, der Lou sofort an eine duftende Wiese erinnerte.
»Dabei ist es doch vollkommen normal, dass man nach seiner ersten Reitstunde ziemlich aus dem Häuschen ist«,

fuhr Maleen fort. »Letztens erst ist ein Mädchen in voller Ausrüstung nach Hause gegangen. Die Mutter von ihr hat sofort angerufen und die Sachen sogar noch am selben Abend zurückgebracht, und trotzdem ist Mama total ausgerastet.«

Lou starrte gegen das Regal. »Stimmt«, murmelte sie. »Deine Mutter ist schon ein bisschen merkwürdig. Meine Eltern würden ein fremdes Kind niemals so anschimpfen. Und die Sache mit deiner Schwester und Laila find ich eigentlich auch nicht okay.«

»Na ja, ich ja eigentlich auch nicht«, gab Maleen zu. »Aber ein bisschen hat Pamela das auch verdient. Sie ist wirklich oberzickenätzend.«

»Sei froh, dass du überhaupt Geschwister hast«, erwiderte Lou.

»Dafür hast du einen Vater«, konterte Maleen.

»Du doch auch«, sagte Lou und schlang der Freundin einen Arm um den Nacken. »Er ist halt nur ein bisschen weit weg.«

»Jaaa.« Seufzend ließ Maleen ihren Kopf auf Lous Schulter sinken. »Du glaubst ja gar nicht, wie froh ich bin, dass es dich gibt.«

Lou seufzte ebenfalls. »Ach, Maleen«, murmelte sie selig. »Mir geht es doch genauso.«

Glücklich lächelten die Mädchen einander an. Es war wirklich ein gutes Gefühl, endlich eine beste Freundin zu haben. Maleen spielte sogar ganz kurz mit dem Gedanken, Lou zu gestehen, dass sie sich in Jesper verguckt hatte, doch eine innere Stimme flüsterte ihr zu, es lieber bleiben zu lassen. Erst einmal wollte sie sehen, wie sich die Freundschaft zwischen ihnen allen weiterentwickelte.

»Früher haben sich immer Emily und Ratze zusammengetan«, erzählte Lou unterdessen. »Manchmal war das echt fies.« Nachdenklich pulte sie mit ihrer freien Hand an der Naht ihrer Jeans herum. »Und jetzt steht Emily mal allein. Vielleicht kapiert sie dadurch endlich, wie blöd so was ist.«

»Apropos!«, rief Maleen. Sie warf einen Blick auf ihre Armbanduhr. »Ratze müsste eigentlich jede Sekunde hier sein.« Sie sprang auf und lief zum Fenster hinüber. »Da kommt sie schon!«

»Na, dann los«, sagte Lou. Sie fasste Maleen am Arm und zog sie auf die Tür zu. »Ratze zieht sich bestimmt nicht die Schuhe aus. Und sie lässt sich garantiert auch nicht von deiner Mutter anmotzen.«

Die beiden Mädchen sausten wie geölte Blitze die Treppe hinunter und kamen just im selben Augenblick unten an, als Ratze die Haustür öffnete.

»Steht bei euch immer alles offen?«, fragte sie erstaunt und wollte einen Fuß über die Schwelle setzen.

»Warte!«, schnaufte Lou atemlos. »Wir kommen ja schon.«

Ratze zog ihr Bein wieder zurück. »Aha, ihr habt einen unsichtbaren Fakirfußboden oder einen, bei dem man einen Stromschlag bekommt, wenn man ihn betritt«, sagte sie grinsend. »Kein Wunder, dass ihr die Tür nicht abzuschließen braucht.«

»Stichwort Stromschlag«, erwiderte Lou. »Hast du was von Emily gehört?«
»Nö.« Ratze schüttelte den Kopf. »Die schmollt mindestens noch bis morgen früh.«
»Also bleibt es dabei«, versicherte Lou sich. »Wir machen das mit Ronja und Michael allein?«
»Klar«, sagte Ratze. »Wir lassen uns doch von ihr nicht die Laune verderben.«
Lou nickte, obwohl ihr nicht recht wohl bei dem Gedanken war, Emily bei dieser Geschichte auszuschließen. Alleingänge hatte es in der letzten Zeit schon einige Male gegeben und nie war etwas Gutes dabei herausgekommen. Andererseits konnten sie sich auch nicht einfach von Emily tyrannisieren lassen. Und vielleicht war es ja wirklich so, dass sie nur diesen Tag brauchte, um sich wieder einzukriegen, und morgen schon völlig begeistert darüber war, was Ratze, Maleen und Lou heute in die Wege leiteten.
»Also«, drängte Ratze. »Dann müssen wir erst mal zwei Briefe schreiben.«
»Und einen Treffpunkt für die beiden festlegen«, sagte Maleen. »Plus Uhrzeit.«
»Am besten abends«, meinte Lou. »Das ist am romantischsten.«
»Aber nicht so spät«, wandte Maleen ein. »Meine Mutter und Pamela sind im Moment absolut unberechenbar. Bestimmt darf ich nach dem Abendessen nicht mehr weg. Und ich will unbedingt dabei sein.«

Ratze grinste. »Logisch. So was lässt man sich doch nicht entgehen. Ich könnte mich jetzt schon schieflachen, wenn ich mir nur Ronjas blödes Gesicht vorstelle.«
»Gut, dann hol ich jetzt mal was zu schreiben«, beschloss Maleen und verschwand im Hausflur.
Ratze wollte hinterher, doch Lou hielt sie zurück. »Lass mal, ihre Mutter hat heute wirklich Todeslaune.«
Es dauerte auch nur ein paar Sekunden, dann war Maleen wieder da. Die drei Mädchen verzogen sich im hintersten Teil des Gartens, den Frau Langerfeld laut Maleen so gut wie nie betrat.
»Oh Klasse, eine Hollywoodschaukel!«, freute Ratze sich. Sie stürzte sich sofort auf das blaue Teil mit den großen gelben Sonnenblumen und streckte sich der Länge nach aus.
»Und wir?«, empörte Lou sich und zog Ratze am Arm von der Schaukel herunter.
»Eeeeey, bist du bekloppt!«, schrie die. »Du brichst mir ja sämtliche Knochen!«
»Och«, feixte Maleen. »Der Rasen ist ja auch so hart.«
»Blödis!«, schnaufte Ratze und rappelte sich wieder auf die Füße. »Macht nur weiter so …«
Inzwischen hatten Lou und Maleen sich in die Hollywoodschaukel fallen lassen. Sie schlossen genüsslich die Augen und schwangen sachte hin und her.
»Und wer schreibt jetzt die Briefe?«, erkundigte Ratze sich.
»Ist doch wohl klar«, sagte Lou. »Immer die, die so dumm fragt.«

»Mann, ihr seid wirklich blöd«, knurrte Ratze.
Sie nahm Maleen das Schreibzeug aus der Hand und hockte sich im Schneidersitz vor ihre Freundinnen ins Gras. »Hat zufällig irgendjemand Peppermint Cats dabei?«, fragte sie. »Wenn ich was lutsche, kann ich mich nämlich viel besser konzentrieren.«
»Ich nicht«, erwiderte Maleen.
»Ich auch nicht«, sagte Lou. »Ich fürchte, die liegen im Barkas. Und wenn wir Pech haben, ist Emily so sauer, dass sie sie alle komplett auffuttert.«
»Aber Sweet Minzy mag sie doch überhaupt nicht«, wandte Maleen ein. Das war nämlich ihre Lieblingssorte.
»Könnt ihr vielleicht mal an was anderes denken als an diese dämlichen Minzdrops!« Lou öffnete die Augen und beugte sich zu Ratze hinunter. »Schließlich haben wir gerade was Wichtigeres zu tun.«
»Okay«, stöhnte Ratze. Sie steckte sich das Kuliende zwischen die Zähne und blickte ihre Freundinnen erwartungsvoll an.
»Jetzt mach schon!« Maleen stupste Lou in die Seite. »Sag ihr, was sie schreiben soll, sonst frisst sie noch meinen Kuli auf.«
»Ja, also ... äääh ...«, begann Lou und starrte nachdenklich unter das blumige Dach der Hollywoodschaukel. »Vielleicht: Hallo Ronja, wie wär's, wenn wir uns mal treffen würden?«
Ratze kritzelte los, schüttelte jedoch, nachdem sie die ersten drei Wörter zu Papier gebracht hatte, den Kopf.

»Ich weiß nicht, ich finde, das klingt irgendwie zu ... zu unromantisch.«
»Auf jeden Fall muss es vorne schon mal mit Liebe anfangen«, schlug Maleen vor.
»Außerdem haben wir noch gar keinen Treffpunkt festgelegt«, wandte Ratze ein.
»Okay ...« Lou und Maleen blickten sich an. »Was wäre denn überhaupt ein guter Platz für ein Rendezvous? Hmmm ...?«
Ratze wartete ein paar Sekunden, dann fing sie wieder an, am Kuli zu nagen. »Ich weiß!«, rief sie plötzlich. »Die alte Burgruine! Wenn das nicht romantisch ist, fress ich einen Besen.«
»Immer noch besser als meinen Stift«, grinste Maleen.
Lou nickte. »Und wann? Um fünf?«
»Halb fünf ist besser«, fand Maleen. »Dann bin ich auf jeden Fall rechtzeitig zum Abendbrot zurück.«
»Einverstanden.« Ratze nickte. »Und was schreiben wir jetzt?«
Die Mädchen beratschlagten noch eine ganze Weile über den Text, schließlich übernahm Maleen den Stift und am Ende hielten sie folgende zwei Briefe in den Händen:

Liebe Ronja,
ich möchte dich so gerne mal treffen. Komm doch bitte heute Nachmittag uni halb fünf zur alten Burgruine. Ich freue mich auf dich.
Dein Fabian ♥

Lieber Michael,
ich möchte dich so gerne mal treffen. Komm doch bitte heute Nachmittag um halb fünf zur alten Burgruine. Ich freue mich auf dich.
Deine Ronja ♥

Maleen hatte ihre Schrift beide Male verstellt und sie hoffte inständig, dass weder Ronja wusste, wie Fabian schrieb, noch Michael wie Ronja.
»Hoffentlich klappt's«, sagte Lou aufgeregt. »Wenn die wirklich beide kommen, wird's ein Riesenspaß.«

Spionage²?

Emily stoppte ihr Kickboard vor dem Eingangstor des Reiterhofs und ließ ihren Blick über die umliegenden Koppeln, das Stallgebäude und das Haupthaus gleiten. Von Maleen war weit und breit nichts zu sehen.
Zögernd betrat Emily das Hofgelände und rollerte langsam auf die Stallungen zu. Unter Lailas Fenster hielt sie an und spähte vorsichtig um die Ecke. Sie hörte Leute miteinander sprechen, aber es war niemand zu sehen. Und dann entdeckte sie Lous und Ratzes Fahrräder, die am Zaun des Wohnhauses lehnten.
Auf einmal hatte Emily überhaupt keine Lust mehr, mit Maleen zu reden. Sie war so wütend wie noch nie in ihrem Leben. Diese hinterhältige Kröte! Emily hatte doch gleich gewusst, dass man der nicht trauen konnte. Und jetzt nahm Maleen ihr auch noch die besten Freundinnen weg! Emily ballte die Fäuste. Aber das würde sie sich nicht einfach so gefallen lassen. Hastig wendete sie ihr Kickboard

und brauste zum Eingangstor zurück. Von dort aus schaute sie noch einmal zum Wohnhaus hinüber. Ob die drei jetzt dadrinnen saßen? Nee, nee, bestimmt nicht. Die wären ja ganz schön blöd, wenn sie bei dem tollen Wetter in der Bude hockten. Garantiert gab es dort irgendwo noch einen Garten. Vielleicht hinter dem Haus, sodass er von Emilys jetziger Position aus nicht zu sehen war. Aber vielleicht konnte man ja irgendwie außen herumlaufen und ...

Emily fackelte nicht lange. Sie brauste den schmalen, ausgetretenen Pfad, der sich am Zaun entlangschlängelte, auf das Haus zu.

Und dort befand sich tatsächlich ein Garten. Doch dummerweise war er nicht nur mit dem Zaun, sondern zusätzlich auch noch mit einer hohen, stacheligen Hecke umgeben. Emily legte ihr Kickboard ins Gras und horchte. Da waren Stimmen. Ganz eindeutig. Und die eine klang verdammt nach Ratze. Leider konnte Emily nicht verstehen, was gesprochen wurde. Sie schlich noch ein Stück weiter und suchte die Hecke nach einer dünnen Stelle ab. Möglicherweise gab es ja auch irgendwo einen Baum, der so wie die Kastanie in ihrem eigenen Garten mit einigen seiner Äste über die Hecke wuchs und ihr als Aussichtsturm dienen konnte. – Aber nix. Noch einmal stellte Emily ihre Lauscher auf, doch auch das war völlig sinnlos. Sie kam einfach nicht dahinter, was Maleen, Lou und Ratze hinter ihrem Rücken ausheckten.

Ihre Wut steigerte sich allmählich zur Raserei. Wenn das keine handfeste Verschwörung war, die da gerade gegen sie lief! Maleen wollte sie ausbooten. Ganz klar. Womöglich versuchte diese alte Ziege, Lou und Ratze just in diesem Moment klarzumachen, dass ihr Garten viel besser war als die wilde Wiese. Emily traute ihr sogar zu, dass sie sich inzwischen heimlich mit Jesper verbündet hatte (das würde zumindest die Sache mit dem Herzstein erklären) und dass sie nun alle zusammen einen Plan gegen die Comtessen schmiedeten.

Plötzlich hörte Emily hinter sich ein Knacken. Sie fuhr herum. Für einen Moment glaubte sie, hinter den Bäumen einen Schatten gesehen zu haben. Doch nachdem sie eine Weile dort hingestarrt hatte und sich nichts tat, war sie davon überzeugt, dass irgendein Tier das Knacken verursacht haben musste.

Noch einmal schaute Emily zur Stachelhecke hinüber und presste die Zähne aufeinander. Ein Plan musste her. Ein supergenialer. Und noch dazu superschnell. Sie brauchte endlich Gewissheit darüber, ob Maleen tatsächlich eine Verräterin war oder nicht. Und zu wem Ratze und Lou eigentlich hielten.

Tief in Gedanken, rollerte Emily zur Straße zurück. Und auf einmal leuchteten in ihren Gehirnwindungen alle Glühbirnen gleichzeitig auf. – Natürlich! Das war doch die Idee! Mit ihr ließen sich klappentechnisch sogar zwei Fliegen auf einmal schlagen.

Schweigen im Walde

Am nächsten Tag wechselten insgesamt drei Briefe ihre Besitzer. Der erste wanderte am Anfang der Frühstückspause von Lous Hand in Ronjas Matheheft, der zweite kurz darauf aus Maleens schwitziger Umklammerung in Michaels Federtasche und der dritte eine Pause später in Maleens Rucksack.

»Irgendwie ist Emily heute komisch, findet ihr nicht?«, sagte Lou unterdessen zu Ratze und Maleen, während sie gerade am Schulkiosk anstanden, um sich dort einen Eistee zu kaufen.

»Sie ist halt sauer«, brummte Ratze. »Was hast du anderes erwartet?«

»Ist sie eben nicht«, erwiderte Lou. »Sie tut doch so, als ob nie was gewesen wär. Aber sie erzählt nicht, was sie gestern unternommen hat, und sie stellt auch keine Fragen darüber, was wir so gemacht haben. Das finde ich ziemlich seltsam.«

»Sie ist so, weil sie sauer ist«, beharrte Ratze auf ihrer Ansicht. »Sie verstellt sich nur.«

»Ach, sag bloß!«, tönte Lou. So weit war sie mit ihren Überlegungen schließlich auch schon gekommen.

»Vielleicht hat sie sich auch einfach wieder eingekriegt«, warf Maleen ein. »Könnte doch sein, dass sie selber gemerkt hat, wie bescheuert sie sich gestern benommen hat, und jetzt ...«

Ratze ließ sie nicht ausreden.

»Du kennst Emily nicht«, brummte sie und schüttelte den Kopf. »Freiwillig sieht die nie was ein.«

»Stimmt«, sagte Lou. »Und deshalb ist sie komisch.«

Sie wandte sich dem Hausmeister zu und nahm die Eistees in Empfang.

»Okay, und was machen wir jetzt?«, fragte Maleen, nachdem sie den Strohhalm in ihren Tetrapak gesteckt und einen kräftigen Zug genommen hatte. »Sollen wir ihr erzählen, wo Ronja und Michael sich heute Nachmittag treffen?«

Lou und Ratze blickten einander an.

»Nee«, sagte Ratze schließlich. »Nachher fängt sie wieder an zu motzen, weil wir das ohne sie gemacht haben.«

»Aber das ist doch ihre eigene Schuld«, wandte Maleen ein.

»Na und?«, erwiderte Ratze. »Das hat bei Emily noch nie eine Rolle gespielt.«

»Genau«, bestätigte Lou, trank ihren Eistee aus und warf die leere Packung in den Mülleimer. »Und deshalb

bin ich dafür, wir tun ebenfalls so, als ob es den gestrigen Tag und unsere Pläne überhaupt nicht gegeben hätte.«
»Und wenn Emily was vorhat?«, warf Ratze ein. »Jetzt hängt sie auch schon wieder seit zehn Minuten auf dem Klo. Das ist doch nicht normal.«
»Sie wird es schon nicht unter Strom setzen«, meinte Lou grinsend.
Mittlerweile hatten auch Ratze und Maleen ihre Tetrapaks geleert und die drei Mädchen setzten sich in Bewegung, um Emily bei den Toiletten abzupassen. Sie postierten sich neben der Ausgangstür und beobachteten dabei die Comtessen, die mit hochroten Köpfen zusammenstanden und tuschelten.
»Hoffentlich kommen die heute Nachmittag nicht alle zur Ruine«, murmelte Ratze.
»Wieso denn nicht?«, erwiderte Maleen. »Das macht doch eigentlich keinen Unterschied.«
»Stimmt auch wieder«, musste Ratze zugeben. »Ist vielleicht sogar noch lustiger.«
Lou zog nachdenklich die Mundwinkel ein.
»Meint ihr, Emily hat den Barkas tatsächlich unter Strom gesetzt?«, fragte sie.
»Keine Ahnung«, brummte Ratze. »Vorsichtshalber sollten wir ihn besser nicht anfassen.«
Der Pausengong ertönte und Emily tauchte immer noch nicht wieder auf. Also klapperten Ratze, Lou und Maleen die einzelnen Klozellen ab und hasteten schließlich nach

oben in den Klassenraum, wo Emily bereits auf ihrem Platz hockte und über den Englischhausaufgaben grübelte.

Larifari

»Ich kann heute nicht«, teilte Maleen ihren Freundinnen nach der Schule mit. »Ich muss meiner Oma beim Boxen-Ausmisten helfen.«
Sie zwinkerte Lou unauffällig zu und die kapierte sofort.
»Ich auch nicht«, sagte sie hastig. »Mama und ich wollen zusammen was nähen.«
Emily setzte einen knurrigen Gesichtsausdruck auf. »Und du?« Sie pikste Ratze ihren Zeigefinger zwischen die Rippen. »Hast du etwa auch was vor?«
»Äh ... da, ich, ich ... äähhhh ...«, stammelte die. Zu blöd aber auch, dass ihr so schnell keine richtig gute Ausrede einfiel. Schließlich behauptete Ratze einfach: »Ich hab meinem Vater versprochen, meiner Mutter heute beim Unkrautrupfen zu helfen.«
»Aha«, sagte Emily. »Ich wusste gar nicht, dass das bei euch so kompliziert ist.«
Ratze guckte irritiert. »Wieso das denn?«

»Ach nix.« Emily winkte ab.
Eines war hier ja wohl so klar wie ein frisch polierter Spiegel: Ratze, Lou und Maleen hatten auch an diesem Nachmittag wieder ein geheimes Date. Normalerweise hätte diese Erkenntnis bei Emily zu einer sofortigen Explosion geführt, aber nicht heute. Sie wunderte sich sogar selbst darüber, wie gelassen sie blieb. Vielleicht lag es an dem Zauber, den ihr Vater gestern Abend noch veranstaltet hatte, nachdem ihre Mutter ihm erzählte, dass Emily die wilde Wiese unter Strom gesetzt hätte. Herr Steinkamp war leichenblass geworden und hatte schließlich angefangen, wie ein Wahnsinniger zu toben. Damit er sich wieder einkriegte, hatte Emily schließlich zugegeben, dass diese Behauptung nur ein Schwindel gewesen war. Darüber war ihr Vater allerdings noch wütender geworden und Emily hatte gar nicht mehr gewusst, was sie tun konnte, um ihn wieder zu beruhigen. Und irgendwie war dann etwas Seltsames passiert: Je näher Herr Steinkamp einem Herzinfarkt kam, desto dickfelliger war Emily geworden und es hatte ihr nicht einmal etwas ausgemacht, dass er ihr zur Strafe das Taschengeld für den nächsten Monat gestrichen hatte. Vielleicht hing es aber auch mit dem Liebesbrief zusammen, den sie Maleen in der zweiten Pause in den Rucksack gesteckt hatte und über den sich die alte Verräterin noch mächtig wundern würde.
Und außerdem war da ja auch der andere Plan, den Emily noch nicht ganz fertig geschmiedet hatte, und zudem der

kurzfristige Entschluss, sich an diesem Nachmittag als weiblicher 007 zu betätigen.

»Ich hab schließlich auch was vor«, erklärte Emily ihren verdatterten Freundinnen. Sie zog eine Schachtel Peppermint Cats aus der Beintasche ihrer Buggyhose und verteilte sie großzügig.

Weder Ratze noch Lou oder Maleen wagten es nachzufragen. Immerhin riskierten sie damit, ebenfalls Auskunft geben zu müssen. Über das, was sie gestern miteinander ausgeheckt hatten.

Und so kam es, dass die Pfeffermiezen sich den Rest des Schulvormittags auch außerhalb der Unterrichtsstunden ausschließlich mit Grammatikregeln, Matheformeln, physikalischen Gesetzen und fremden Kontinenten befassten.

Hoffnungen ...

»Eigentlich finde ich das überhaupt nicht in Ordnung«, sagte Lou, als sie, Ratze und Maleen sich mit ihren Fahrrädern um kurz vor vier an der Ausfallstraße zur Burgruine trafen.

Ratze nickte. »Du hast recht«, sagte sie. »Emily benimmt sich obermerkwürdig.«

»Ich fress unseren ganzen Besenschrank leer, wenn die nicht Lunte gerochen hat«, erwiderte Lou. »Ich würde sogar Herrn Blümchen darauf verwetten.«

»Waas?«, rief Maleen. »Deinen süßen, kleinen Hamster?«

»Das meint sie doch nur theoretisch«, wandte Ratze ein. »Um zu zeigen, wie sicher sie sich ist.«

»Theoreeeeetisch«, sagte Lou gedehnt.

Dieses Fremdwort hätte Emily in diesem Fall wahrscheinlich auch benutzt.

Lou blickte in den blauen Himmel und seufzte. »Ich weiß

auch nicht, aber irgendwie wünsche ich mir wahnsinnig, dass Emily jetzt bei uns wäre. Ich vermisse sie richtig.«
»Ach, komm.« Ratze tätschelte Lou die Schulter. »Sie ist doch selber schuld. Jetzt bringen wir diese eine Aktion eben ohne sie zu Ende. Und wer weiß ... vielleicht liegst du mit deiner Vermutung ja richtig ...«, Ratze schaute sich geheimagentenmäßig in alle Richtungen um, »... und sie ist doch dabei.«
»Hoffentlich«, sagte Lou. »Und hoffentlich können wir dann all den Knatsch endlich wieder beenden.«
Maleen atmete einmal tief ein und aus. Da sollte mal einer durchblicken, wer hier eigentlich mit wem wie eng befreundet war! Doch alles, was im Augenblick zählte, war, dass sie dazugehörte, und natürlich, dass sie sich an dem ganzen Theater zum Glück völlig unschuldig fühlen konnte.
»Kommt, lasst uns endlich weiterfahren«, forderte sie ihre Freundinnen auf. »Sonst verpassen wir noch das Wichtigste.«
»Aye, aye, my Lady!«
Ratze schlug sich die Handkante gegen die Stirn und radelte sofort los. Lou schaute sich allerdings noch einmal nach allen Seiten um, bevor sie Maleen und Ratze zögernd folgte.

... die das Schicksal durchkreuzt

Emily stand vor einem Rätsel.
Seit dem Mittagessen hatte sie unter Vladiczs riesiger Konifere gelegen und Ratzes Haustür nicht mehr aus den Augen gelassen. Satte drei Stunden hatte sie dort zubringen müssen und wäre um ein Haar noch eingeschlafen. Aber dann war Ratze zum Glück doch noch aufgetaucht, hatte Lou abgeholt und war mit ihr zusammen in Richtung Baggersee gefahren.
Daraufhin war in Emily wieder einmal die Wut hochgekocht. Was fiel denen ein, einfach ohne sie schwimmen zu gehen! Es war noch gar nicht so wahnsinnig lange her, da hatten sie und Ratze das mit Lou gemacht und am Ende hatten sie dann alle eingesehen, was solche Gemeinheitsaktionen für Komplikationen nach sich ziehen konnten.
Zu Emilys Beruhigung bogen die beiden dann aber schon bald in eine ganz andere Richtung ab und trafen schließ-

lich auf Maleen, die an der Ausfallstraße zur Burgruine auf sie wartete.
Emily stoppte ihr Kickboard in ungefähr zwanzig Metern Entfernung und versteckte sich hinter einem Mauervorsprung. Was um alles in der Welt wollten die drei bei der alten Burg? Emily legte die Hände hinter die Ohren und verrenkte sich fast den Hals, aber leider konnte sie kein Wort von dem, was Ratze, Lou und Maleen miteinander sprachen, verstehen.
Sie bemerkte nur, dass vor allem Ratze sich immer wieder umschaute, woraus Emily natürlich schloss, dass die drei sich von irgendjemandem verfolgt fühlten. Aber wer konnte das sein? Etwa einer der JEMAYUS? Oder die Comtessen? Wollten sie vielleicht Ronja irgendwo hinlocken? Zur Burgruine zum Beispiel?
Das waren Fragen über Fragen, die da durch Emilys Gehirnzellen strömten, auf die sie allerdings keine Antwort mehr bekam, denn in dem Moment, als sie ihr Kickboard wieder auf den Bürgersteig schieben wollte, um ihren Freundinnen zu folgen, wurde sie am T-Shirt festgehalten.
»Darf ich mal fragen, was das soll?«
Das war doch Jespers Stimme! Emily fuhr herum. Und tatsächlich! Sie blickte direkt in seine blitzenden blauen Augen.
»Lass mich gefälligst los!«, fauchte sie. »Du machst aus meinem T-Shirt ja ein XXL-Format.«
»Sorry.« Jesper ließ ihr Hemd los und wich einen Schritt zurück. »Ich wollte deinem edlen Teil nichts tun.«

»Tsss«, machte Emily und wandte sich ab.

Eigentlich hätte sie sich jetzt tierisch beeilen müssen, um ihre Freundinnen noch einzuholen, doch irgendwie war sie auf einmal seltsam unentschlossen.

Musste sie Jesper nicht fragen, was er hier machte? Vorsichtshalber ...

Bevor sie allerdings den Mund aufbekam, fing Jesper bereits an, sie zu löchern.

»Was schleichst du denn hinter deinen Freundinnen her, he?«, wollte er wissen und stemmte triumphierend die Hände in die Hüften. »Habt ihr euch etwa schon wieder gezofft?«

»Pah!« Emily ballte die Fäuste. »Was heißt denn *schon wieder?* Außerdem geht dich das einen feuchten Mist an. Und überhaupt: Was fällt dir eigentlich ein, mir einfach nachzuspionieren?«

»Na, du bist vielleicht lustig«, erwiderte Jesper. »Immerhin seid ihr unsere Feinde.«

»Eure?«, schnappte Emily. »Aha! Ist ja sehr interessant. Wo sind sie denn eigentlich, all deine ›euren‹?«

Jesper legte den Kopf zurück und blickte Emily ein bisschen von oben herab an. »Tja, was die im Augenblick wohl machen, hm???«, sagte er provozierend. »Vielleicht dringen sie gerade in euren Garten ein. Das ist ja nun, seitdem ich das einmal getestet habe, überhaupt kein Thema mehr.«

»Sollen sie doch!« Emily lachte und rieb sich theatralisch die Hände. »Dort wartet nämlich eine feine Überraschung auf sie.«

»Ach komm!«, erwiderte Jesper. »Du bluffst doch nur.«
»Probiert's doch aus!«, rief sie, während sie Jesper unauffällig musterte. Über dem Ellenbogen hatte er ein breites Pflaster und sein Handgelenk zierte ein angeschmuddelter Elastikverband. »Ich wär ja gerne dabei, um mir anzusehen, wie ihr wie faule Äpfel vom Baum herunter ins Gras plumpst und euch sämtliche Knochen brecht, aber ich muss ...«
»Da mach dir mal keine Sorgen«, unterbrach Jesper sie. »Wir haben ein intensives Training hinter uns. Eure olle Kastanie ist für uns mittlerweile nichts weiter als ein ömmeliger Blumenstrauß.«
»Gib mal nicht so an, du Spinner!«, fauchte Emily. »Du erzählst doch sowieso nur Mist. Ich wette, du, Max und Yussuf, ihr habt einen Riesenstreit. Nur so lässt es sich überhaupt erklären, dass ihr nicht schon längst wieder zugeschlagen habt.«
»Wir?«, knurrte Jesper. »Wieso denn wir? Ihr seid doch dran! Die Wahrheit ist: *Ihr* habt euch zerstritten und nicht wir!«
»Ach.« Emily versuchte, auf cool zu machen. »Ich wette, du hast nicht den leisesten Schimmer, wo sich deine netten Kumpels überhaupt aufhalten«, sagte sie.
»Und wie ich das hab«, konterte Jesper und zog ein Handy aus seiner Westentasche. »Ich brauch sie nur mal kurz anzurufen und schon werden sie mir sagen können, ob das Motörchen des Barkas bereits läuft.«
Das Motörchen des Barkas! Das war ja zum Totlachen!

Bevor da irgendein Motörchen lief, würden zwei vom Strom gegrillte Mettwürstchen im Gras liegen. Im Moment interessierte Emily das Handy in Jespers Hand allerdings mehr.

»Sag bloß, Max hat auch so ein Ding!«, platzte sie heraus.

Jesper schüttelte den Kopf. »Nicht Max. Aber Yussuf.«

Oaah! Das war ja wohl die Höhe! Eine himmelschreiende Ungerechtigkeit! Emily schäumte über vor Wut. Mit dem Einsatz dieses technischen Hilfsmittels waren die JEMAYUS den Pfeffermiezen nun zum ersten Mal haushoch überlegen. Sie konnten sich nun tatsächlich in Gruppen aufsplitten, und das war wirklich alles andere als fair! Höchste Zeit für eine ausgeklügelte Racheaktion. Aber wie, wenn sich der größere Teil ihrer Bande gerade ganz woanders amüsierte?

Racheschwüre und eine handfeste Drohung

Ratze, Lou und Maleen schoben ihre Fahrräder zwischen den bröckeligen Rest einer Festungsmauer und einen dicht bewachsenen Busch. Anschließend trat Ratze ein paar Schritte zurück und begutachtete das Versteck von allen Seiten.

»Nix zu sehen«, grunzte sie zufrieden und die Mädchen erklommen die letzten Meter bis in den Hof der alten Burgruine.

»Jetzt brauchen wir nur noch ein Versteck für uns«, sagte Maleen.

»Hm«, machte Ratze. Sie blickte sich um. »Gar nicht so einfach.«

In der Tat! – Es gab zwar einige Nischen in der Burgmauer, aber die waren allesamt nicht groß genug, um sich darin zu verstecken.

»Vielleicht da oben!«, rief Lou plötzlich und deutete auf eine Art Wachgang, der sich vier bis fünf Meter über ihnen von einem der Burgtürme aus an der Hofmauer entlangzog.
»Wenn man überhaupt dort hochkann«, wandte Maleen ein. »Bestimmt herrscht da totale Einsturzgefahr.«
Doch Ratze und Lou hörten nicht auf sie, sondern rannten sofort zum Eingang des Turms hinüber. Ratze fasste die rostige Klinke und drückte sie herunter. Die Tür sprang auf. Jubelnd schoben sich die beiden Mädchen ins Innere.
»Psst! Nicht so laut«, mahnte Maleen, die mittlerweile auch herbeigestürzt war. »Ronja und Michael können jeden Augenblick hier sein.«
»Wie spät ist es denn überhaupt?«, wisperte Ratze.
»Acht Minuten vor halb.«
»Ach ...« Lou winkte ab. »Die sind bestimmt nicht pünktlich. Ich würde an deren Stelle jedenfalls nicht genau um die verabredete Zeit kommen. Das wär mir zu peinlich.«
Maleen nickte. Sie versuchte, sich vorzustellen, wie es wäre, wenn sie ein Date mit Jesper hätte. Ganz zweifelsohne wäre auch sie lieber gestorben, als zu früh da zu sein. Denn die Gefahr, dass er denken könnte, sie wäre in ihn verknallt, wäre ihr einfach zu groß.
Ratze zog die Tür wieder zu und es wurde richtig finster im Turm. Nur durch einige Schlitze, die sich hoch über ihnen befanden, fiel ein wenig Licht herein.
»Mist!«, fluchte Maleen. »Wir müssen tatsächlich da hoch.«

Hastig schlichen sie auf die Holztreppe zu, die sich vor ihnen befand. Ratze setzte vorsichtig einen Fuß auf die unterste Stufe. Das Holz knarrte ein wenig, aber es schien zu halten.

»Die würden den Turm garantiert absperren, wenn die Treppe morsch wäre«, sagte Lou.

Sie drückte sich an Ratze vorbei und flitzte nach oben.

»Alles in Ordnung. Der Gang ist auch nicht gesperrt!«, rief sie Ratze und Maleen zu.

Wenige Sekunden später hockten die drei Freundinnen dicht aneinandergepresst hinter einem kleinen Fensterloch im Wachgang und spähten in den Hof hinunter.

»Ich bin gespannt, wer zuerst kommt«, wisperte Ratze aufgeregt.

»Ich bin gespannt, ob überhaupt einer kommt«, erwiderte Maleen.

»Und ich finde es total schade, dass Emily nicht dabei ist«, sagte Lou.

»Ich auch«, gab Ratze zu und Maleen nickte ebenfalls.

»Gleich danach fahren wir zu ihr und erzählen ihr alles«, schlug sie vor. »Dann hat Emily auch keinen Grund mehr, sauer zu sein.«

»Schscht!« Ratze blickte ihre Freundinnen mit mahnenden Augen an. »Ich glaube, ich hab was gehört.«

Vorsichtig reckten die Mädchen ihre Hälse durch das Fensterloch.

»Passt auf!«, zischte Ratze. »Sonst sehen die uns noch.«

Im selben Moment trat Michael in den Innenhof und er

blickte tatsächlich gleich zum Wachgang hinauf. Hastig zuckten Ratze, Lou und Maleen zurück. Sie starrten einander an und wagten es kaum noch zu atmen. Hoffentlich kommt er jetzt nicht zu uns herauf, schienen sie alle drei gleichzeitig zu denken.
Sie spitzten die Ohren und lauschten auf seine Schritte. Doch es war nichts zu hören.
»Als ob er mit einem Schlag dort festgewachsen wär«, wisperte Lou. Sie hielt es nicht mehr aus und beugte sich langsam ein Stück nach vorn, bis sie ihn wieder im Visier hatte.
»Und?«, flüsterte Maleen. »Was ist?«
»Ronja ist auch schon da«, raunte Lou ihren Freundinnen zu.
»Und?«, fragte Ratze mit bebender Stimme.
In ihrem Bauch hatte sich mittlerweile eine kaum noch zu ertragende Spannung aufgebaut. Nicht mehr lange und sie würde entweder schreien oder losprusten müssen.
»Sie gucken sich an«, wisperte Lou.
»Ich halt das nicht aus«, stöhnte Maleen leise. Sie zog Lou ein Stück zur Seite, damit sie ebenfalls in den Hof hinunterschauen konnte, ohne dass Ronja und Michael sie bemerkten.
»Jetzt reden sie was«, zischte sie aufgeregt.
»Und? Verstehst du's?«, wollte Lou wissen.
Maleen schüttelte den Kopf. »Kein Wort.«
»Mist!« Ratze ballte die Fäuste. »Die haben bestimmt getickt, dass sie verarscht worden sind.«

»Quatsch!«, murmelte Lou. »Oder glaubst du, Ronja erzählt Michael, dass sie eigentlich in Fabian verschossen ist?«
Ratze grunzte leise. Im Moment konnte sie sich alles Mögliche vorstellen. Sogar, dass Ronja und Michael sich küssten.
Plötzlich krallten sich Maleens Fingerkuppen in Lous Unterarm fest. »Jetzt ... jetzt ...!«, flüsterte sie.
»Was denn?«, fragte Ratze und schnellte nach vorne. Dabei fiel sie gegen Maleen und die stieß vor Schreck einen spitzen Schrei aus.
Die beiden im Hof unten schauten sofort zu ihnen hinauf.
»Zicken!«, keifte Ronja und streckte ihnen ihre Faust entgegen. »Na wartet, das werdet ihr büßen!«
Sie blickte sich um und flitzte dann auf die Turmtür zu.
»Kacke! Sie kommt!«, rief Lou.
»Na und«, erwiderte Ratze. »Die eine schaffen wir doch mit links.«
»Und was ist mit Michael?«, fragte Maleen.
»Der steht immer noch da wie in die Landschaft gegossen«, sagte Ratze.
»Oh Mann!«, stöhnte Maleen. »Fast hätte Ronja ihm eine geknallt.«
»Was?«, rief Ratze. »Dann hat die also gedacht, dass er sie gelinkt hat.« Sie verdrehte die Augen und lehnte sich kichernd gegen die Mauerwand. »Ein Glück, Maleen, dass ich gegen dich gefallen bin. Sonst wäre noch ein Unschuldiger misshandelt worden.«

»Ich find das gar nicht lustig«, entgegnete Lou. »Der arme Michael.«
»Och«, sagte Ratze und tätschelte Lou neckend die Schulter. »Tut er dir etwa plötzlich leid?«
»Und wennschon«, brummte Lou. »Eigentlich hat er uns doch gar nichts getan.«
»Doch«, sagte Maleen. »Er hat mein Matheheft bespuckt.«
»Ja, aber doch nur aus Versehen«, wandte Lou ein. »Schließlich kann er nichts dafür, dass er so eine feuchte Aussprache hat.«
»Du lieber Himmel!«, seufzte Ratze. »Ich weiß was für dich: Du solltest möglichst schnell ins Kloster gehen und nur noch Gutes tun.«
Lou kniff die Augen zusammen und ließ ihre Zungenspitze hervorschnellen. Doch es blieb ihnen keine Zeit mehr, sich zu kabbeln. Auf der Treppe im Turm waren bereits Ronjas stampfende Schritte zu hören und im nächsten Moment tauchte sie auch schon am Ende des Wachgangs auf.
Ihre blauen Augen funkelten vor Zorn.
»Ihr gemeinen Hexen!«, fauchte sie. »Ich bringe euch um!«
»Uaaaah!« Lou riss entsetzt die Arme hoch. »Da hab ich aber Angst.«
»Aber rächen werd ich mich, darauf könnt ihr euch verlassen!«, kreischte Ronja. »Und wie ich mich rächen werde. Das werdet ihr schon sehen. Und dann werdet ihr es bereuen, dass ihr mich so verarscht habt.«

Ratze, die gemütlich an der Mauerwand lehnte und die Hände in ihren Hosentaschen vergraben hatte, schüttelte bedächtig den Kopf.
»Ich glaube, das werden wir nicht«, sagte sie ganz ruhig.
Für einen Augenblick brachte Ronja diese Reaktion völlig aus der Fassung. Schnaubend starrte sie Ratze, Lou und Maleen an.
»Pah!«, stieß sie schließlich hervor. »Du denkst wohl, mir fällt nichts ein. Da irrst du dich aber.«
Wieder schüttelte Ratze den Kopf.
»Klar weiß ich, dass dir was einfällt. Ich bin sogar davon überzeugt, dass es was richtig Gemeinekliges sein wird.«
Ronja kam ein paar Schritte auf die Mädchen zu, bis es nur noch ungefähr einen Meter Sicherheitsabstand zwischen ihnen gab, stemmte die Hände in die Hüften und nickte begeistert.
»Worauf du einen lassen kannst!«
»Verdammt, das werde ich«, sagte Ratze grinsend.
Blitzschnell drehte sie sich um, streckte ihren Hintern heraus und pupste geräuschvoll in Ronjas Richtung.
Die machte einen Satz nach hinten und rief: »Igittt! Du Schwein!«
Sofort fing Ratze an zu grunzen. Sie ließ sich auf alle viere runter und flitzte auf die Comtesse zu.
Lou und Maleen prusteten los.
»Schnapp sie dir!«, feuerte Lou Ratze an.
»Lass mich bloß in Ruhe, du Spinnerin!«, keifte Ronja. »Du bist ja nicht mehr ganz dicht.«

Ratze hob ihren Kopf und blickte Ronja treuherzig an. »Und du?«, säuselte sie. »Du doch wohl auch nicht, he? Oder was denkst du, was Geli und Larissa wohl dazu sagen werden, dass du neuerdings in Michael verknallt bist und dich sogar heimlich mit ihm triffst?«

Friede, Freude, Pfefferminzen???

Als Ratze, Lou und Maleen durch die Pforte auf das Steinkampsche Grundstück traten, bemerkten sie Emily, die mit hochrotem Kopf und über der Brust gekreuzten Armen auf der Gartenbank saß und leise vor sich hin fluchte.

»Oh Gott, oh Gott«, seufzte Maleen. »Die qualmt ja geradezu vor Wut.«

Lou nickte. »Hoffentlich überleben wir das.«

»Nur keine Panik«, winkte Ratze ab. »Wir werden sie jetzt einfach übersprudeln.«

»Übersprudeln?«

Lou schüttelte grinsend den Kopf. Die sonst immer eher träge Ratze benahm sich heute wie ein Turboelektroquirl. Hoffentlich bekam sie von dem ungewohnten Tatendrang keinen Lagerschaden.

Lou blieb allerdings keine Zeit, sich deswegen Sorgen zu machen, denn Ratze rannte bereits mit großen Schritten auf Emily zu.

»Hey!«, rief sie und fuchtelte aufgeregt mit den Armen. »Wir müssen dir was erzählen! Ronja hat sich tatsächlich mit Michael getroffen!«
»Und?«, brummte Emily und blinzelte mit finsterem Blick in die Sonne. »Das ist doch rein gar nix gegen das, was ich heute erfahren habe.«
Ratze blieb wie angewurzelt stehen. Sie guckte genauso erstaunt drein wie Lou und Maleen.
»Wieso?«, stammelte sie. »Was hast du denn erfahren?«
»Hm«, machte Emily. Sie reckte ihr Kinn in die Höhe, schloss die Augen und wandte sich ab. »Keine Ahnung, ob ich jetzt überhaupt noch mit euch darüber reden soll.«
»Mann!«, stöhnte Lou. »Jetzt hab dich nicht so. Du warst schließlich diejenige, die nicht mitmachen wollte.«
Kurz entschlossen ließ sie sich neben Emily auf die Bank fallen und stubste ihr Knie sanft gegen das ihrer Freundin.
»Ein Glück aber auch«, seufzte Emily. »Nach allem, was ich heute erfahren habe, könnte man glatt davon sprechen, dass ich sozusagen den richtigen Riecher gehabt habe.« Sie öffnete die Augen und blickte Ratze, Lou und Maleen mit oberwichtiger Miene an. »Wäre ich nämlich mit euch zusammen gewesen, dann hätt...«
»...est du es nie erfahren«, vollendete Ratze leicht genervt Emilys Ausführungen. »Was auch immer es war«, setzte sie dann noch mit einer theatralischen Geste hinzu. »Tja«, brummte Emily. »Das wüsstet ihr wohl zu gerne, was?«
In Wahrheit brannte sie geradezu darauf, es den Freundin-

nen endlich erzählen zu können. Aber allzu einfach durfte sie es ihnen natürlich auch wieder nicht machen. Immerhin hatten die drei eine Anti-Comtessen-Aktion ohne sie durchgezogen und wer weiß was noch ausgeheckt.
Noch immer traute sie Maleen nicht über den Weg. Der Treuetest lief bereits auf Hochtouren und es war nur noch eine Frage der Zeit, wann der Hauptteil ihres Plans starten würde.
»Du bist echt blöd«, erwiderte Ratze. Sie ließ sich ins Gras fallen, rupfte eine Gänseblume ab und steckte sie sich zwischen die Lippen. »So kommen wir doch nie zu Potte.«
»Okay«, sagte Emily gnädig. »Aber zuerst seid ihr dran.«
Und so erzählten Maleen, Ratze und Lou, wie sie Ronja veräppelt und ihr anschließend gedroht hatten Geli und Larissa zu erzählen, dass sie etwas mit Michael hätte, falls sie sich an den Pfeffermiezen rächen würde.
»Ha!«, rief Emily. »Das ist ja genial!«
Ratze, Lou und Maleen atmeten erleichtert auf. Offensichtlich war Emilys Wut inzwischen verraucht. Jetzt kramte sie sogar eine Schachtel Peppermint Cats hervor und bot jeder ihre Lieblingssorte an.
»Alles wieder in Butter?«, fragte Lou vorsichtig, während sie auf ihrem Spearmint herumlutschte.
»Na ja, wie man es nimmt«, sagte Emily. »Immerhin habe ich von dieser dummen Sache erfahren ...«
Ratze spuckte ihr Gänseblümchen aus. »Jetzt mach es nicht so spannend«, knurrte sie. Allmählich ging ihr Emilys blöde Wichtigtuerei tierisch auf die Dötze.

»Tjaaaa ... also ... Ihr werdet es wahrscheinlich kaum glauben ...«, begann Emily genüsslich, »aber die JEMAYUS haben neuerdings Handys.«

»Nee!«, tönte Ratze und schlug sich auf die Schenkel.

»Das ist aber unfair«, fand Lou.

Emily nickte. »Du sagst es.«

»Und was tun wir dagegen?«, fragte Maleen.

»Ist doch ganz klar«, sagte Emily. »Wir klauen sie ihnen.«

»Toll«, stöhnte Lou. »Als ob das so einfach wäre.«

»Hat ja niemand behauptet«, entgegnete Emily. »Außerdem macht einfach ja wohl auch überhaupt keinen Spaß.«

Damit hatte sie zweifellos recht, fanden die anderen.

»Außerdem ...«, rief Emily. »Außerdem habe ich schon eine Idee!«

»Aha ...«, sagte Lou vorsichtig.

Emilys Ideen hatten es schließlich immer in sich. Und diesmal würde es gar nicht so leicht sein, sie abzulehnen. Immerhin standen Ratze, Maleen und sie in Emilys Schuld. Im Prinzip konnten sie alle drei sogar heilfroh sein, dass Emily wegen ihres Alleingangs nicht einen megamäßigen Riesenzinnober veranstaltet hatte.

»Und was?«, wollte Ratze wissen.

»Wir locken sie in eine Falle«, verkündete Emily.

Ratze, Lou und Maleen schauten einander mit blitzenden Augen an. Das klang ja schon mal gut.

»Wir verschleppen ihn und hauen gleichzeitig ab«, vollendete Emily ihren Plan.

»Moment mal ...« Ratze hob den Zeigefinger. »Wen meinst du mit ihn? Und was meinst du mit abhauen?«
»Mit ihn meine ich Jesper«, erklärte Emily genüsslich und blickte dabei unverwandt zu Maleen hinüber. War sie nicht gerade ein bisschen zusammengezuckt? »Und das mit dem Abhauen, das war ja sowieso schon geplant.«
»Hä?« Lou schüttelte den Kopf. »Daran kann ich mich aber nicht erinnern.«
»Du warst aber dabei«, beharrte Emily. »Wir haben darüber gesprochen, ob wir zum Beispiel nach Frankreich fahren, wenn wir meine uneinsichtigen Eltern nicht anders dazu kriegen, die Kastanie zu beschneiden.«
»Ich dachte, das Thema wäre durch«, stöhnte Lou.
»So?« Emily kniff die Augen zusammen. »Du hast also allen Ernstes gedacht, dass ich mich geschlagen gebe!«
Lou atmete einmal tief ein. Emily und aufgeben, nee, es war wirklich blöd gewesen, anzunehmen, dass ausgerechnet sie sich mit den von ihren Eltern vorgegebenen Tatsachen abfinden würde. Emily hatte sich noch nie beeindrucken lassen. Von niemandem.
»Und wann wollen wir es machen?«, fragte Maleen.
»Noch heute Nacht«, bestimmte Emily. »Und kneifen gilt nicht. Das ist ja wohl klar. Schließlich sind wir die Pfeffermiezen. Wir müssen zusammenhalten. Eine für alle und alle für eine.«
Sie sagte es so, dass Ratze, Lou und Maleen sofort ein schlechtes Gewissen bekamen. Sie hätten das mit Ronja und Michael eben doch nicht alleine machen dürfen.

Stattdessen hätten sie mit Emily reden müssen. Wozu waren sie denn eine Bande? Wenn sie nicht eisern zusammenhielten, hatten die JEMAYUS und die Comtessen am Ende ein leichtes Spiel. Es wäre überhaupt kein Problem für sie, Unfrieden zu säen und die Pfeffermiezen womöglich noch auseinanderzubringen. Nein, das durften sie nicht zulassen! Um keinen Preis der Welt.

»Okay«, presste Lou hervor. »Ich bin dabei.«

»Aber wir haben doch Schule«, wandte Maleen zaghaft ein.

Natürlich erntete sie dafür sofort einen finsteren Blick von Emily.

»Und? Wir schreiben diese Woche keine Arbeit und nix. Wir werden es überleben.«

»Sie hat recht«, sagte Ratze und klopfte Maleen aufmunternd auf den Rücken. »Wenn wir so was schon machen, dann müssen wir es auch richtig tun. Sobald wir zum Beispiel Rücksicht auf die Schule nehmen, denken Emilys Eltern doch gleich, wir meinen es gar nicht ernst.«

Wer andern eine Grube gräbt ...

Allmählich packte alle vier das Fieber.
»Wo wollen wir denn hin?«, fragte Lou aufgeregt. »Frankreich hatten wir ja eigentlich längst abgehakt.«
»Natürlich. Ich hab mir das alles schon ganz genau überlegt«, sagte Emily. Sie sprang von der Bank und fing an, hin und her zu rennen. »Wir bleiben ganz hier in der Nähe. Entweder im Wald am Baggersee oder in der alten Ruine.«
»In der alten Ruine?«, flüsterte Maleen. »Also, ich glaube, das ist mir zu unheimlich.«
Emily blieb ruckartig stehen und schnaubte eine Wolke heißer Luft aus. Doch ehe sie etwas sagen konnte, griff Ratze bereits ein.
»Ich finde den Baggersee sowieso besser. Da könnten wir nachts sogar schwimmen gehen.«
Lou nickte eifrig. »Ja, das ist cool. Dann müssen wir also auch Badezeug mitnehmen ...« Sie schaute ihre Freun-

dinnen stirnrunzelnd an. »Wie lange bleiben wir denn überhaupt?«

»Mal sehen«, brummte Emily. »Ein bisschen Angst muss mein Vater schon kriegen. Sonst ist er am Ende bloß sauer und macht überhaupt nichts an der Kastanie.«

»Dann brauchen wir unsere Schlafsäcke und Taschenlampen«, zählte Ratze auf. »Proviant. Kohle. Klamotten.«

»Und, und, und ...«, vervollständigte Emily Ratzes Gedankenliste. »Los, Leute, zum Barkas. Worauf wartet ihr noch?«

Sie rannte los, quer durch den Garten, riss die Tür zum Gemüselagerraum auf und stieß den Holzdeckel nach oben. Ratze, Lou und Maleen folgten ihr.

Maleen blickte sich um. »Wo ist eigentlich Dennis?«, wunderte sie sich.

»Fehlt dir wohl, dein kleiner Freund, was?«, bemerkte Emily spitz.

Sie zog das Seil herunter und hangelte sich auf die wilde Wiese hinauf. »Ist mit meiner Mutter unterwegs!«, rief sie dann durch das Loch in den Keller hinunter. Und bevor die anderen etwas entgegnen konnten, war sie auch schon wieder verschwunden.

Lou zuckte die Schultern. »Sie kann's nicht lassen. Manchmal ist Emily eben eggelig.«

Sie benutzte dieses selbst kreierte Wort immer dann, wenn sie den Begriff ekelig vermeiden wollte.

»Jetzt quatscht nicht«, brummte Ratze. »Kommt!«

Sie fasste das Seil und zog die Beine an. Im selben Augenblick ertönte oben auf der wilden Wiese ein Schrei.
»Was war das denn?«, hauchte Maleen.
»Emily«, flüsterte Lou.
»Emiiiily!«, brüllte Ratze. So flink war sie noch nie das Seil hinaufgeklettert. »Oh Gott! Emily!«, rief sie, zog sich durch das Loch und verschwand.
»Du lieber Himmel, was ist denn jetzt wieder passiert?«, fragte Maleen mit weit aufgerissenen Augen.
Sie und Lou griffen gleichzeitig nach dem Seil, doch Maleen ließ der Freundin ohne großes Herumgerede den Vortritt.
Wenige Sekunden später waren beide oben auf der Wiese. Lou half Maleen noch rasch auf die Füße, dann flitzten sie zum Barkas rüber, neben dem Emily glatt ausgestreckt im Gras lag.
»Was ist passiert?«, fragte Lou atemlos.
Ratze zuckte die Schultern. Ratlos blickte sie zwischen dem Lieferwagen und der zu Boden gegangenen Freundin hin und her. Plötzlich huschte ein Grinsen über ihre Mundwinkel.
»Ich wette, sie hat sich selber ausgeknockt«, orakelte sie. »Ihr wisst schon: Monsieur Hundertausend Volt!«
»Hä?«
Lou kapierte überhaupt nichts.
Maleen dagegen wusste sofort, was Ratze meinte. »Es gab da mal einen französischen Sänger«, erklärte sie. »Den nannte man so. Eigentlich hieß er aber Gilbert ...«

»Ist mir doch egal, wie der hieß«, erwiderte Lou, die sich mittlerweile neben Emily niedergelassen hatte und mit besorgter Miene nach ihrem Puls tastete. »Was hat denn das hier mit einem französischen Sänger zu tun, he? An genau der gleichen Stelle lag Emily vorgestern auch.« Lou hob den Kopf und blickte ihre Freundinnen vielsagend an. »Wenn das kein Zeichen ist!«

»Diesmal ist sie doch selber schuld«, brummte Ratze.

»Wieso das denn?«, entgegnete Lou hitzig.

»Na, durch Stromschlag«, sagte Maleen.

Da endlich schien auch bei Lou im Obergeschoss eine Lampe anzugehen. »Ach soooo ...« Ihre Gesichtszüge hellten sich kurz auf, verfinsterten sich allerdings gleich wieder. »Kann man davon sterben?«

»Von einem Gewitterblitzschlag schon«, meinte Ratze. »Aber bestimmt nicht von dem, was Emily sich da zusammengebastelt hat.«

»Ha, ha, ha, ha!«, knurrte Emily und öffnete die Augen. »Sehr lustig, wirklich. Glaubst du etwa, es ist so toll, eine gesäbelt zu kriegen?«

»Oh, du lebst!«, rief Ratze. »Was für ein Glück! Fast hätten wir dich beerdigt.«

Mit einem Satz war Emily auf den Beinen. Sie sprang auf Ratze zu und legte ihr die Hände um den Hals.

»Pass bloß auf, dass du nicht gleich beerdigt wirst.«

»Hey!«, riefen Lou und Maleen gleichzeitig.

Sie packten Emily an den Armen und rissen sie von Ratze weg.

»Jetzt hör aber auf. Du bist doch wirklich selber schuld«, rief Lou erbost.
»Genau.« Maleen nickte eifrig. »Wer andern eine Grube gräbt, fällt selbst hinein.«
»Pah!«, knurrte Emily. »Das ist doch bloß so 'n blödes Sprichwort.«
Diese klug scheißernde Maleen ging ihr ganz schön auf den Senkel. Dass Ratze und Lou dieses putenhafte Gehabe nicht nervte! Doch glücklicherweise musste Emily es nicht mehr lange ertragen. Heute Abend würde die Falle hoffentlich endgültig zuschnappen und dann war es mit dem kurzen Viererintermezzo der Pfeffermiezen endlich wieder vorbei.
»Hört auf, euch anzumachen!«, befahl Ratze. »Immerhin haben wir jetzt ein ernstes Problem. Wir kommen nicht in den Barkas.«
»Klar kommen wir«, sagte Emily. »Oder denkt ihr allen Ernstes, ich bin so bescheuert und hab den rundum unter Strom gesetzt?«
»Na ja, immerhin warst du so bescheuert ihn ausgerechnet dort anzufassen, wo du ihn elektrisiert hast.«
»Das sagt man nicht so«, schnaufte Emily.
Ein Auto elektrisieren! Das war mal wieder typisch Lou, die von Physik, wenn überhaupt, nur das Nötigste verstand.
Sie hielt es jedoch auch nicht mehr für besonders sinnvoll, noch mehr Zeit mit Streiten zu verbringen. Wenn sie noch rechtzeitig vor dem Abendessen alles für den gro-

ßen Ausflug zusammenpacken wollten, dann mussten sie sich sputen.

Und so lief Emily zielstrebig auf die Beifahrertür des Barkas zu, öffnete sie, kroch in die Fahrerkabine und entfernte mit ein paar Handgriffen das »Corpus Delicti«, wie sie ihre Kondensatorenkonstruktion nannte.

Eine furchtbare Erkenntnis

Maleen strampelte wie eine Irre nach Hause. Über die Vorbereitungen für ihren nächtlichen Ausriss hatte sie die Zeit völlig vergessen und nun war es schon fast zu spät, um wenigstens noch einigermaßen pünktlich zum Abendessen zu kommen.
Hastig schob sie ihr Rad in den Geräteschuppen neben dem Pferdestall und sprintete zum Wohnhaus hinüber. Ihre Mutter saß bereits am Tisch und hatte ganz offensichtlich eine Stinklaune. Schuldbewusst senkte Maleen den Kopf und ließ sich auf ihren Stuhl sinken.
»Tut mir leid«, murmelte sie. »Aber ich hatte einen Platten.«
Frau Langerfeld blickte kurz auf und säbelte dann weiter an ihrem Wurstbrot herum.
»Hast du ihn repariert?«, fragte sie barsch.
»Ja, Mama.«
»Gut«, sagte ihre Mutter. »Ich freue mich, dass du das kannst.«

Es klang allerdings so, als ob sie sich ganz und gar nicht freuen würde.
Bestimmt hing es damit zusammen, dass Pamela nicht da war, und ganz sicher war es verdammt unklug, sich nach ihr zu erkundigen, aber Maleen hielt es einfach nicht aus. Sie angelte sich eine Schnitte auf dem Korb und fragte: »Wo ist denn Pamela? Hat sie heute gar keinen Hunger?«
»Das hoffe ich nicht«, brummte Frau Langerfeld. »Im Gegenteil, ich wünsche ihr, dass ihr Magen noch nie so sehr geknurrt hat.«
Oje! Das klang aber gar nicht gut. Obwohl Pamela in den letzten Tagen nicht gerade freundlich mit ihr umgesprungen war, tat sie Maleen plötzlich schrecklich leid.
»Aber ...?«, hob sie an, doch ihre Mutter unterbrach sie sofort.
»Nix aber«, schimpfte sie los. »Deine Schwester hat sich unmöglich verhalten. Sie hat sich heute Nachmittag weder um Laila noch um La Belle gekümmert und ihre Trainingsstunden hat sie auch nicht eingehalten.«
Obwohl die Kanonade gar nicht ihr galt, zog Maleen automatisch den Hals ein. Wenn ihre Mutter sauer war, war mit ihr absolut nicht zu spaßen. Im Gegenteil, allerhöchste Vorsicht war angesagt, und trotzdem – Maleen musste es einfach wissen ...
»Ist Darius noch da?«
»Was soll diese dumme Fragerei?«, fuhr Frau Langerfeld ihre Tochter an. »Davon verstehst du ohnehin nichts, mein Kind.«

Und ob sie das tat!
Seitdem sie Jesper das erste Mal gesehen hatte, wusste Maleen punktgenau, was mit einem passieren konnte, wenn man sich verliebt hatte. Noch nie hatte sie sich so gut in die Gefühle ihrer Schwester hineinversetzen können.
Maleen biss schweigend in ihre Schnitte. Plötzlich keimte so etwas wie Hoffnung in ihr auf, dass sie sich mit Pamela verbünden könnte. Gemeinsam gegen ihre Mutter. Das wär's doch! Dann wär sie endlich nicht mehr allein auf dem Hof. Natürlich gab es da noch Oma und Opa. Aber die wohnten ein ganzes Stück weiter stadtauswärts und halfen nur ab und zu in den Stallungen aus.
Vielleicht sollte sie nach dem Abendbrot noch einmal flugs in den Stall hinübergehen und mit Pamela reden. Aber nee, eigentlich hatte sie überhaupt keine Zeit mehr dazu. Schließlich musste sie noch alles für die Nacht zusammenpacken.
Und so futterte Maleen schweigend fertig, was ihrer Mutter sehr recht zu sein schien. Danach ging sie in ihr Zimmer hinüber und verteilte als Erstes den Inhalt ihres Schulrucksacks in die Schreibtischschubladen. Dabei geriet ihr ein kleiner, zusammengefalteter Zettel zwischen die Finger, den sie noch nie gesehen hatte und der ganz zweifellos nicht von ihr stammte. Irgendjemand musste ihn in ihren Rucksack gesteckt haben. Aber wer?
Maleen dachte natürlich sofort an Ronja und die Comtessen. Vielleicht hatten die ja zeitgleich mit den Pfeffermie-

zen ebenfalls eine Liebesbriefaktion gestartet. Oder dieser Brief hier war ganz und gar echt.
Augenblicklich sah Maleen Jespers blitzende Augen vor sich und schon wumperte ihr Herz wie verrückt gegen ihr Brustbein. Aber das war ja alles Blödsinn! Wann und wo sollte er ihr einen solchen Brief überhaupt untergeschmuggelt haben? Aber dann fiel ihr ein, dass sie diesen Rucksack ja in der Nacht auf der wilden Wiese dabeigehabt hatte ... Oh Gott! Oh Gott! – Mit zitternden Fingern faltete Maleen den Zettel auseinander und las:

Liebe Maleen,
ich schreibe dir heute, weil ich glaube, dass ich dir vertrauen kann. Schließlich bist du ganz neu bei den Pfeffermiezen und noch nicht so mit ihnen verbunden. Ich habe nämlich ein riesengroßes Problem, mit dem ich einfach nicht zurechtkomme, weil die Pfeffermiezen schließlich unsere ärgsten Feinde sind und ich meine Freunde Max und Yussuf nicht verärgern will.
Aber ich kann nicht mehr ruhig schlafen und werde bestimmt eines Tages vor Erschöpfung sterben. Ich bin nämlich unsterblich in Emily verliebt. Und solange ich nicht weiß, ob sie meine Gefühle erwidert, bin ich nicht in der Lage, einen klaren Gedanken zu fassen. Deshalb habe ich eine Bitte an dich. Genau genommen sind es sogar zwei:
1. Würdest du – ganz vorsichtig natürlich – mal bei

Emily nachforschen, ob du was aus ihr herauskriegst?
2. Würdest du dich heimlich mit mir treffen, damit wir alles genau besprechen können?
Ich finde, du bist wirklich ein ganz tolles Mädchen und wenn ich nicht schon Emily so schrecklich lieben würde, dann …
Dein Jesper

Schluck! Fassungslos starrte Maleen auf den Text. Das durfte doch alles gar nicht wahr sein! Dann war der Herzstein also tatsächlich für Emily gewesen! Auf einmal war Maleen speiübel. Ihre Augen fingen an zu brennen und ihr Hals fühlte sich an wie zugeschnürt.
Jesper liebt Emily. Jesper liebt Emily. Etwas anderes konnte sie gar nicht mehr denken.
Und diese blöde Kuh ahnte nicht mal etwas davon. Da war sich Maleen total sicher. Aber tausendpro! Sonst wäre sie garantiert nicht auf diese bescheuerte Idee mit der Falle gekommen, in die sie Jesper heute Nacht locken wollten. Beim Sachenzusammensuchen hatte Emily den Pfeffermiezen nämlich erzählt, dass sie Jesper eine Nachricht in den Briefkasten gesteckt hätte. Mit einer Geheimbotschaft darauf, die sie allerdings trotz heftigsten Zuspruchs von Lou und Ratze partout nicht hatte preisgeben wollen.
Eigentlich müsste Maleen Jesper jetzt warnen. Wenn er so ein großes Vertrauen zu ihr hatte …? Das durfte sie doch nicht enttäuschen, oder? Sie mochte ihn doch. Und wie sie ihn mochte! Andererseits gehörte sie zu den Pfeffer-

miezen. Die drei Mädchen waren ihre Freundinnen. Wenn Maleen Jesper warnte, fiel sie gleichzeitig ihrer Bande und damit auch ihrer besten Freundin Lou in den Rücken. Wie würde sie da am Ende dastehen? Als Verräterin, mit der niemand mehr etwas zu tun haben wollte. Wahrscheinlich nicht einmal Jesper.

Nein, Maleen hatte gar keine Wahl. Sie würde sich wie eine durch und durch verlässliche Pfeffermieze verhalten und schweigen. Sie würde noch nicht einmal versuchen, etwas aus Emily bezüglich ihren Gefühlen zu Jesper herauszuspionieren und weiterzutratschen. Wenn Emily tatsächlich etwas für ihn empfand, das über das normale feindliche Ansinnen hinausging, dann würde Jesper das gefälligst alleine herausfinden müssen.

Wütend zerfetzte Maleen seinen Brief in fünfundzwanzigtausend winzig kleine Fetzen und pfefferte sie in ihren Papiereimer. Sie war so zornig wie schon lange nicht mehr. Auf Jesper, der sie fast dazu gebracht hätte, ihre Freundinnen zu verraten. Auf Emily, weil Jesper sie mehr mochte als sie. Und außerdem auf sich selbst, weil sie so doof gewesen war, sich in einen Jungen, noch dazu in den ärgsten Feind der Pfeffermiezen, verknallt zu haben.

Zudem hatte sie durch diese Geschichte unnötig viel Zeit vertrödelt. In Windeseile raffte Maleen alles zusammen, was sie für ihren verbotenen Ausflug brauchte, und verdrängte dabei tapfer den Gedanken an den Tag, an dem sie wieder zu Hause auftauchen und ihrer Mutter unter die Augen treten musste ...

Auf leisen Sohlen

Um halb elf Uhr, als es schon fast dunkel war, öffnete Emily ihre Zimmertür. Sie schlich an Dennis' Zimmer vorbei und schwebte geradezu die Treppe hinunter. Ihr Herz klopfte ihr bis zum Hals. Denn das Schwierigste kam jetzt noch. Sie hatte nämlich keinen Schimmer, was ihre Eltern gerade taten.

Aus dem Wohnzimmer drang kein einziger Laut. Die Tür stand sperrangelweit offen und die kleine Lampe auf Herrn Steinkamps Schreibtisch brannte. Wahrscheinlich erledigte ihr Vater noch irgendwelchen Schreibkram. – Gut! Aber wo war ihre Mutter? Vielleicht in der Küche?

Leise tapste Emily in den Flur und spähte in Richtung Küchentür. Sie war angelehnt und aus einem schmalen Spalt fiel Licht in den Flur. – Okay, jetzt nur schnell zur Garderobe gehuscht, den Anorak und die Sneakers gegriffen, die Nachricht an die Eltern, in der stand, dass sie erst wieder zurückkommen würden, wenn der Vater die

Kastanie beschneiden würde, auf dem Telefontisch abgelegt und nach draußen geschlü... In diesem Moment, in dem Emily gerade die Klinke herunterdrücken wollte, verbreiterte sich der Lichtstrahl, der aus der Küche in den Flur fiel.
Schlagartig blieb Emilys Herz stehen. Sie zog die Schultern hoch, weil sie damit rechnete, dass jeden Augenblick das Geschimpfe ihrer Mutter auf sie herunterprasseln würde, und drehte sich langsam, ganz langsam um.
Doch da war niemand. Ganz kurz atmete sie auf. Und dann hatte sie es plötzlich total eilig. Ebenso hastig wie geräuschlos öffnete sie die Haustür und schlüpfte in den Garten hinaus. Hoffentlich hatten Ratze und Lou ebenso viel Glück wie sie! Nicht auszudenken, wenn eine von ihnen von ihren Eltern erwischt wurde.
Gott sei Dank konnte Emily sich in diesem Fall wenigstens hundertprozentig sicher sein, dass weder Ratze noch Lou die anderen verraten würden. Bei Maleen sah die Sache schon ganz anders aus. Emily war gespannt bis in die letzte Faser, ob die neue Pfeffermieze zu Jesper rennen und ihm von der Falle, die sie ihm stellen wollten, erzählen würde. Wenn Maleen in ihn verknallt war – und nach dem, was das Nervmonster Dennis ihr über den Herzstein erzählt hatte, gab es diesbezüglich ja wohl nicht den geringsten Zweifel –, dann würde ihr gar nichts anderes übrig bleiben, als sich ihm anzuschließen. Liebe war immer stärker als Freundschaft und Kameradschaft. Das kannte man ja aus Filmen und Büchern.

Besonders hart würde es Maleen allerdings treffen, dass Jesper angeblich in Emily verliebt war. Umso mehr würde sie sich anstrengen, sich bei ihm beliebt zu machen. Davon war Emily felsenfest überzeugt und deshalb hielt sie diesen Einfall auch für einen besonders cleveren Schachzug. Außerdem sollte sich die olle Schnepfe bloß nicht einbilden, dass Jesper sie für was Besonderes hielt. Auch wenn er sie letztens in ihrem Garten noch so dämlich angestarrt hatte. – Bei dem Gedanken daran dampfte Emily sogar jetzt noch die Wut aus den Ohren.

Mit einem zornigen Ruck öffnete sie die Werkstatttür und schlüpfte hindurch. Den voll gepackten Trekkingrucksack hatte sie vorhin unter Papas Werkbank geschoben und hinter einem Sack Sägespäne versteckt.

Ächzend zog Emily ihn hervor und hievte ihn auf ihren Rücken. Er war so schwer, dass sie vornüberkippte und beinahe auf die Nase fiel. Sie tapste zur Tür zurück und lauschte noch einmal in die Dunkelheit hinaus. Dann packte sie ihr Kickboard und brauste die Straße hinunter zu Lous Haus, wo die Freundin hinter der Hecke bereits auf sie wartete.

Doppelt gefangen hält erst beim zweiten Mal besser

Es gelang Maleen, ohne Probleme das Haus zu verlassen. Auf Zehenspitzen hastete sie zu ihrem Fahrrad und schob es um den flachen Stallbau herum. In Lailas Box war noch Licht. Maleen schlich gebückt unter der Fensteröffnung weg und wollte sich gerade auf das Fahrrad schwingen, da packte sie jemand an der Jacke.

»Stopp! Wo willst du denn hin?«

Es war Pamela, die sie mit ihren hellen Augen gespenstisch anfunkelte.

»Lass mich los!«, zischte Maleen. »Das geht dich gar nichts an.«

»Und wie mich das was angeht«, erwiderte die Große. »Mama wird sich mächtig freuen, wenn ich ihr diesen fetten Fisch serviere.«

»Deshalb holt sie Darius auch nicht wieder zurück!«, fauchte Maleen.
Wieso sie vorhin so viel Verständnis für ihre Schwester aufgebracht hatte, war ihr plötzlich ein Rätsel. Es musste ein Anfall von geistiger Umnachtung gewesen sein!
»Ach, halt doch die Klappe!«, zischte Pamela. »Dein Ausflug ist jetzt jedenfalls vorbei.«
Sie zerrte Maleen vom Fahrrad, das scheppernd zu Boden krachte, und zog sie an der Jacke in Richtung Wohnhaus. Doch Maleen wehrte sich mit Händen und Füßen. Sie biss Pamela in die Hand, kniff sie in den Arm und trat sie gegen die Beine.
»Du kleine Mistpute! Ich hab dir doch gesagt, dass du's mir büßen wirst!«, keuchte die Große.
Ächzend und stöhnend schleifte sie Maleen um den Stall herum und stieß sie plötzlich mit aller Kraft durch das Tor in das Gebäude hinein. Maleen stolperte ein paar Schritte rückwärts, verlor das Gleichgewicht und landete schließlich in einem Heuberg, der zwischen den Boxen aufgehäuft war. Hilflos musste sie mit ansehen, wie Pamela das Tor schloss. Dann hörte sie, wie der Balken vorgeschoben wurde. Sie war gefangen! In ein paar Minuten würde ihre Mutter hier sein und ... Oh Gott, oh Gott, sie durfte sich gar nicht ausmalen, was dann geschah.
Aber vielleicht ... Maleen rappelte sich auf, wischte ein paar Heuhalme von ihren Klamotten und rannte den Gang entlang auf Lailas Box zu. Ihr war nämlich eine Idee gekommen. Vielleicht war ihre Schwester ja so blöd gewe-

sen und hatte vergessen, das Fenster dort ebenfalls zu verbarrikadieren.

»Keine Angst, meine Gute«, murmelte Maleen, als sie hinter der Stute angekommen war.

Schweißtropfen traten auf ihre Stirn. Es war ihr noch nie geheuer gewesen, in einer engen Box mit einem großen Pferd allein zu sein.

Laila stellte die Ohren auf und schnaubte leise.

»Ist ja alles guuuuuut«, flüsterte Maleen, während sie sich langsam an der Holzwand entlangdrückte und auf das Fenster zutappte – das tatsächlich noch immer offen stand!

Mittlerweile war Maleen bei Lailas Kopf angekommen. Die Stute schritt unruhig auf und ab. Zaghaft streckte Maleen ihre zitternden Finger aus und berührte Laila am Hals.

»Schsch. Ich tu dir ja nichts.«

Sie machte einen beherzten Satz auf das Fenster zu, zog sich hinauf und ließ sich einfach in die Dunkelheit hinausfallen. Von der Längsseite des Stallgebäudes ertönten Stimmen. Pamela und ihre Mutter!

Mit klopfendem Herzen tastete Maleen nach ihrem Fahrrad. Irgendwo hier musste es doch liegen. – Ja! Da war es. Allmählich gewöhnten sich ihre Augen an die Dunkelheit. Sie fasste das Rad am Lenker, hob es auf und raste dann wie vom wilden Affen gebissen über den Hof durch das Tor hinaus.

Erst nachdem sie die nächsten drei Straßenkreuzungen

hinter sich gebracht hatte, traute sie sich, das Fahrrad zu stoppen. Sie hielt genau unter einer Laterne, schob den Jackenärmel hoch und schaute auf ihre Armbanduhr. Es war zwanzig vor elf. Eigentlich musste sie längst am Treffpunkt sein, hinter dem Wartehäuschen der Bushaltestelle an der Lohneberger Landstraße. Hoffentlich würden Ratze, Lou und Emily auf sie warten.
Maleen sprang wieder aufs Fahrrad und brauste weiter. Sie trat so kräftig in die Pedale, wie sie nur konnte. Doch als sie dann endlich nach zehn Minuten und am Rande der Erschöpfung an der Bushaltestelle ankam, war niemand mehr dort. Außerdem war die Laterne neben dem Wartehäuschen kaputt.
»Mist! Mist! Mist!«, fluchte sie leise.
Sie presste die Zähne aufeinander und überlegte. Ob es möglich war, dass die drei Pfeffermiezen noch gar nicht angekommen waren? Vielleicht hatte es ja auch bei ihnen Probleme gegeben. Auf einmal hielt Maleen das gar nicht mehr für so unwahrscheinlich. Sie lehnte ihr Fahrrad gegen die Seitenwand des Wartehäuschens und beschloss, noch eine Weile auszuharren. Angestrengt starrte sie die Straße hinunter und hoffte, dass möglichst bald drei einzelne Lichter dort auftauchten. Aber nichts. Es brauste nur ab und an ein Auto vorbei. Um nicht gesehen zu werden, huschte Maleen dann jedes Mal in die Büsche hinter dem Wartehäuschen.
Zwischendurch warf sie immer wieder einen Blick auf ihre Uhr, deren Zeiger sie im fahlen Mondlicht kaum erkennen

konnte. Und nachdem fast fünf ewig lange Minuten vergangen waren, entschied Maleen, alleine zum Wäldchen am Baggersee zu radeln. Bei dem Gedanken daran, im Dunkeln durch einen Wald zu fahren, war ihr allerdings mehr als mulmig zumute. Aber was blieb ihr anderes übrig? Noch einmal trat sie in den Schatten zurück, um ein Auto vorbeizulassen, da hörte sie plötzlich ein unterdrücktes Kichern.

Maleen fuhr herum und glotzte den Strauch an. Wenn da nicht Ratze, Lou und Emily drinhockten, dann würde sie einen ganzen Tag auf Lailas Rücken verbringen – das schwor sie sich hoch und heilig. Sie war dermaßen erleichtert, dass sie sich quiekend durch die Zweige drückte.

»Schweinebande! Na, wartet, gleich hab ich euch!«

»Falsch gedacht«, sagte eine Jungenstimme. »Wir haben nämlich dich!«

Im selben Moment spürte sie einen Strick, der hastig um sie herumgeschlungen wurde und ihre Arme an ihren Körper drückte. Dann leuchtete eine Taschenlampe auf und blendete ihr die Augen.

»Wen haben wir denn da? – Aah, die Neue!«

»W-wer seid ihr?«, stammelte Maleen.

Ihr Herz trommelte hart gegen ihr Brustbein. Nach dem ersten Schreck hatte sie jetzt richtig Angst.

»Na, wer wohl«, sagte eine andere Jungenstimme. »Die berühmt-berüchtigsten Straßengangster dieser Stadt.«

»Mann, Max!«, meldete sich ein Dritter zu Wort. »Jetzt hör auf, ihr Angst einzujagen. Sie zittert ja schon.«

Du lieber Himmel! Die Stimme kam Maleen aber verdammt bekannt vor. Sofort schlug ihr Herz noch schneller.

»Jesper«, flüsterte sie. »Bist du das?«

»Ja«, wisperte er. »Und jetzt komm.«

»Wo schleppt ihr mich denn hin?«

»Ts, du bist ja vielleicht ein Spaßvögelchen«, erwiderte Max. »Wir sind doch nicht so blöd und verraten dir alles.«

»Auf jeden Fall«, sagte der Dritte, der nach Adam Riese Yussuf sein musste, »haben wir ein hübsches Plätzchen für dich ausgesucht.«

»Und jetzt komm«, wiederholte Jesper.

Der Strahl der Taschenlampe leuchtete nun aufs offene Feld. Maleen konnte die Konturen der drei Jungen erkennen. Jesper ging direkt neben ihr. Es war natürlich völlig idiotisch, aber auf einmal war sie richtig froh, von den JEMAYUS gefangen genommen worden zu sein.

Ein Geräusch in der Nacht

»Ich finde es ganz schön beschissen von Maleen, dass sie nicht gekommen ist«, tönte Emily durch den Wald.
»Und ich finde, wir hätten noch ein bisschen länger warten können«, brummte Ratze. »Ich versteh gar nicht, wieso du so plötzlich von der Bushaltestelle wegwolltest.«
»Irgendwann reißt halt eben auch dem geduldigsten Menschen die Hutschnur«, erwiderte Emily. Sie stoppte ihr Kickboard und deutete auf ein buschiges Bäumchen, dessen Zweige fast bis auf den Boden hinunterhingen. »Ich schlage vor, dort übernachten wir. Das sieht doch gemütlich aus. Außerdem ist es von dort aus auch nicht mehr weit bis zum See.«
Gemütlich – na ja. Lou blickte sich nach allen Seiten um. Obwohl sie am Tag schon Hunderte Male hier gewesen war – so im Dunkeln und mitten in der Nacht war das doch ein bisschen was anderes. Bestimmt würde sie kein Auge zukriegen. Und morgen oder übermorgen einen tie-

rischen Ärger mit ihrem Vater. Ob es das alles wert war? Inzwischen zweifelte sie sehr daran. Außerdem fand auch sie es überhaupt nicht gut, dass Maleen nicht dabei war. Zu gerne hätte Lou gewusst, was sie daran gehindert hatte, rechtzeitig zum Treffpunkt zu kommen.

»Das kann ich euch sagen«, erklärte Emily, nachdem sie sich unter dem Bäumchen ein Lager aus Isomatten und Schlafsäcken errichtet und es sich darauf bequem gemacht hatten. »Anstatt sich mit uns zu treffen, ist Maleen zu Jesper gefahren und hat ihm verpetzt, dass wir ihn in eine Falle locken wollen.«

»Du spinnst ja!«, sagte Lou und tockte sich empört gegen die Stirn.

Auch Ratze schüttelte den Kopf.

»Wie kommst du denn auf so eine idiotische Idee? Maleen hat doch überhaupt keinen Grund dazu, uns an die JEMAYUS zu verraten.«

»Nicht an die JEMAYUS«, erwiderte Emily. Sie zog eine Schachtel Peppermint Cats aus einem Seitenfach ihres überdimensionalen Trekkingrucksacks und warf sie Ratze in den Schoß. »Hier, mach mal auf!«

Und während Ratze den Verschluss der Schachtel aufpulte, erzählte Emily ihren verdatterten Freundinnen von dem Herzstein, den Jesper in ihren Garten geworfen und Maleen heimlich eingesteckt hatte.

Bei Lou ratterte es sofort.

»Du meinst, sie ist in ihn verknallt?«, platzte sie heraus. »Maleen in Jesper?«

»Wieso nicht?«, erwiderte Emily. »Die Tatsachen sprechen schließlich alle dafür.«
Die Tatsachen interessierten Lou allerdings nicht.
»Weil sie mir garantiert davon erzählt hätte«, brummte sie und schob sich einen Katzenkopfdrop mit Spearmintgeschmack in den Mund.
»Ja, ja!« Emily kreuzte die Arme über der Brust und guckte beleidigt vor sich hin. »Ich weiß schon, Maleen ist deine allerallerbeste Freundin.«
»Was dagegen?«, entgegnete Lou. »Ratze ist ja auch deine allerallerbeste Freundin.«
»Ratze versucht aber nicht, uns auseinanderzubringen«, knurrte Emily.
»Maleen auch nicht«, sagte Ratze.
»Ts!« Emily warf den Kopf in den Nacken. »Ihr zwei seid ja blind wie die Maulwürfe. Immerhin hat Maleen euch zu sich nach Hause eingeladen. – Euch, aber nicht mich. Sie hat mich einfach ausgeschlossen.«
Lou verdrehte die Augen und ließ sich rücklings auf ihren Schlafsack fallen. Jetzt kam das Thema: arme, einsame Emily, das sie schon längst begraben geglaubt hatte, doch noch auf den Tisch!
»Du wolltest ja nicht mitmachen«, schnaubte sie. »Außerdem hat Maleen uns nicht eingeladen. Ich hatte dort meine Reitstunde und da haben wir uns praktischerweise alle auf dem Reiterhof getroffen.«
Das mochte ja alles so einleuchtend wie nur was sein, Emily überzeugte es nicht. Sie hatte, was Maleen betraf,

von Anfang an ein komisches Gefühl gehabt. Ein Gefühl eben, das man mit dem Verstand logischerweise nicht erklären konnte.

»Und ich sag euch, heute Abend hat sie uns an Jesper verraten«, orakelte sie und rückte dann mit der vollen Wahrheit heraus. »Ich habe nämlich nicht Jesper, sondern Maleen eine Falle gestellt.«

»Waaaaas?«

In null Komma nix war Lou wieder auf den Beinen. Sie sprang auf Emily zu und packte sie an den Schultern. »Rück sofort raus mit der Sprache! Was hast du mit Maleen gemacht?«

Lous wutschnaubender Blick beeindruckte Emily überhaupt nicht.

»Einen Brief geschrieben und in ihren Rucksack gesteckt«, sagte sie cool.

»Und was, verdammt noch mal, stand in diesem Brief?«, keifte Lou.

»Mann, oh Mann, du legst dich ja mächtig ins Zeug für deine herzallerliebste Maleen«, höhnte Emily.

»Im Moment benimmt die sich auch wesentlich anständiger als du«, sagte Ratze mit angesäuerter Stimme. »Mir hast du jedenfalls dieses nette, kleine Abenteuer gründlich verdorben.« Sie packte Emily am Arm und rüttelte daran. »Und jetzt sag endlich, was in diesem dämlichen Brief stand.«

»Der Brief ist nicht dämlich«, knurrte Emily. »Das werdet ihr schon sehen. Und am Ende werdet ihr mir sogar dankbar sein.« Sie riss sich von ihren Freundinnen los und blitzte sie aus zornigen blauen Augen an.

Ein paar Sekunden lang herrschte Schweigen. Schließlich stürzte Ratze sich auf ihren Rucksack und begann damit, ihn zusammenzurollen.

»Wisst ihr, was?«, brummte sie. »Mir ist das ganze Theater hier zu blöd. Ich fahr jetzt wieder nach Hause. Mit ein bisschen Glück haben meine Eltern gar nicht gemerkt, dass ich weg war.«

»Und ich fahr zu Maleen«, sagte Lou entschlossen.

»Du spinnst doch!«, schrie Emily los. »Ich sag dir, die ist nicht zu Haus. Die hängt bei Jesper und knutscht sich an dem die Zunge platt!«

»Dann sag jetzt endlich, was du ihr für eine Botschaft in den Rucksack gesteckt hast!«, schnaufte Ratze.

»Okay, okay.«

Emily machte eine abwiegelnde Handbewegung, ging ein paar Schritte auf und ab und erzählte dann bis ins Detail, wie sie Maleen mit dem angeblichen Brief von Jesper zur Treulosigkeit gegenüber den Pfeffermiezen verleitet hatte.

»Du bist ja nicht ganz dicht«, sagte Lou, nachdem sie geendet hatte. »Langsam glaub ich, du bist selber in Jesper verknallt.«

»Quatsch!«, fauchte Emily. »Du bist ja selbst nicht dicht. Ich bin eine Pfeffermieze. Durch und durch. Und da verguck ich mich doch nicht in einen JEMAYU.«

»Ich bin auch eine Pfeffermieze«, erwiderte Ratze. »Und trotzdem find ich Max nett.«

»Was?«
Lou und Emily glotzten sie verdattert an. Das waren ja ganz neue Töne! Wer hatte in der letzten Zeit denn ständig an ihren Schwur erinnert. Doch wohl Ratze!
»Ja«, sagte sie nun. »Irgendwie mag ich sie alle drei. Aber Max eben besonders. Was ist daran so schlimm? Ich glaube, wenn ich sie nicht mögen würde, dann hätte ich gar keine richtige Lust, sie zu bekämpfen. Alle anderen Jungs sind mir nämlich völlig schnuppe.«
»Und was ist mit den Comtessen?«, keifte Emily los. »Liebst du die etwa auch?«
»Ach, das hat mit Liebe doch nichts zu tun«, erwiderte Ratze. »Die Comtessen sind blöde Zicken, die verdienen es, von uns gepiesackt zu werden. Aber um die JEMAYUS würde ich mich gar nicht groß kümmern, wenn sie so richtig bescheuert wären.«
Lou senkte den Kopf und scharrte mit ihrer Schuhspitze unschlüssig im Waldboden.
»Stimmt schon, was Ratze sagt«, murmelte sie. »Ich mag schließlich auch Yussuf. Das wisst ihr ja ...?«
»Also doch!«, feixte Ratze.
»Aber ich bin nicht in ihn verknallt«, verteidigte sich Lou und sammelte mit hochrotem Kopf ihre Sachen ein. »Und selbst wenn«, fuhr sie dabei fort. »Es kann ja mal passieren. Jesper und Maleen haben sich schon ziemlich merkwürdig angestarrt letztens bei uns im Garten. Vielleicht sind sie ja wirklich gegenseitig ineinander verliebt.«

»Ist ja echt suuuper, dass du so viel Verständnis für sie hast«, fauchte Emily, riss Lou die Sachen aus der Hand und pfefferte sie zu Boden. »Und was ist mit mir?«

»Du bist ja nicht verknallt«, sagte Lou. »Angeblich ...«

Plötzlich ertönte hinter ihnen im Wald ein Geräusch. Es war ein Knacken. Ein ziemlich lautes Knacken. Fast schon ein Ächzen. Es war nicht am See, nein, es kam direkt vom Weg her.

»Da ist jemand«, hauchte Lou.

»Quatsch«, wisperte Emily. »Das war bestimmt nur ein Tier. Ein Wildschwein oder so ...«

Ratze riss die Augen auf. »Ein Wildschwein?«

Im selben Augenblick fing das Tier an zu lachen. So laut und so fies, dass es den Mädchen eiskalt den Rücken hinunterlief. Entsetzt starrten sie einander an.

»Was machen wir jetzt?«, flüsterte Lou.

»Abhauen!«, zischte Emily. »Zum See runter! Schnell!«

»Aber ...«, sagte Ratze.

Doch da lief sie bereits hinter den beiden anderen her. Sie sprangen über Baumwurzeln, bogen Zweige zur Seite und bewegten sich auf diese Weise keuchend in Richtung Ufer.

Plötzlich blieb Emily wie angewurzelt stehen.

»He!«, rief sie leise. »Das sind die JEMAYUS.«

Lou schüttelte den Kopf. Das konnte doch gar nicht sein. Aber auch Ratze erkannte eine Lache heraus.

»Kein Zweifel, das ist Max.«

»Dann hat Maleen uns doch verraten«, triumphierte Emily. Blitzschnell bückte sie sich nach einem heruntergefallenen Ast. »Los, Leute, bewaffnet euch und lasst uns unser Lager verteidigen!«

Ein mysteriöses Fellding ...

»Ich glaub's nicht«, sagte Lou tonlos.
Genau wie Ratze schnappte sie sich ebenfalls einen Knüppel und dann folgten sie Emily auf leisen Sohlen zu ihrem Lager zurück. Doch als sie dort ankamen, war alles ruhig. Sie postierten sich hinter ein paar dicken Bäumen und hefteten ihre Blicke auf ihre Sachen.
»Da ist niemand«, wisperte Lou.
»Kann gar nicht sein«, erwiderte Emily. »Die sind doch nicht aus Spaß hergekommen.«
»Aus was denn sonst?«, fragte Ratze und kicherte leise.
»Ruhe!«, flüsterte Emily und boxte die Freundin in die Seite. »Die haben sich garantiert hier irgendwo versteckt.«
»Toll«, murmelte Lou. »Und was machen wir jetzt? Warten, bis sie wieder anfangen zu lachen?«
Emily schüttelte den Kopf und umfasste ihren Ast mit beiden Händen. »Nee, Klappe halten, lauschen, orten, überraschen und dann eins überbraten.«

Ratze stöhnte. »Ich hab das Gefühl, du guckst zu viel Fernsehen.«
Aber im Moment hatte sie auch keine andere Idee. Und so standen die drei Mädchen hinter ihren Bäumen und lauschten sich die Ohren steif.
»Ich glaube, die sind längst weg«, flüsterte Lou nach einer Weile. »Die wollten uns bestimmt nur erschrecken.«
»Ich weiß nicht«, sagte Emily und kratzte sich am Hals.
»Willst du etwa bis morgen früh hier stehen bleiben?«, fragte Ratze. »Ich halt das jedenfalls nicht aus. Ich fahr jetzt heim.«
Bevor Emily sie zurückhalten konnte, stapfte Ratze los und machte sich über ihren Rucksack her. Lou und Emily folgten ihr zögernd.
»Aber wieso willst du denn immer noch nach Hause?«, wollte Emily wissen. Sie ließ ihren Knüppel neben ihrem Schlafsack fallen. »Jetzt ist es doch erwiesen, dass Maleen eine Verräterin ist.«
»Trotzdem find ich es nicht gut, dass du sie so gelinkt hast«, brummte Ratze.
Lou nickte. Dann schrie sie plötzlich auf. »He, da liegt was! Auf meinem Kissen.«
Emily sprang zu ihr hinüber. »Was denn?«
»E-ein totes Tier!«
Emily schüttelte ungläubig den Kopf. »Ein totes Tier?« Aber dann sah sie es auch, dieses komische Fellding, das mitten auf Lous kleinem Kopfkissen lag.
»Das ist kein Tier«, sagte Ratze. »Oder nur ein Teil davon.«

Sie bückte sich über das Ding, packte beherzt zu und riss es in die Höhe. Etwas Weißes kam darunter hervor und kullerte in Lous Schlafsack.
»Aaah!«, schrie Lou.
Sie machte einen Satz zurück und Ratze schleuderte vor lauter Entsetzen das Fellding meterweit in den Wald hinein.
»Was war das?«, ächzte Lou. »Das Weiße da ...?«
»Keine Ahnung«, hauchte Emily.
Vorsichtig öffnete sie den Reißverschluss, fasste einen Zipfel des Schlafsackoberteils und schlug es zurück. Das weiße Ding kullerte weiter und blieb schließlich in einer Stofffalte liegen.
»Die Taschenlampe!«, wisperte Lou.
Ratze knipste sie an und leuchtete auf das Teil. Mit klopfenden Herzen starrten die Mädchen darauf. Emily verdrehte stöhnend die Augen, als sie erkannte, was es in Wirklichkeit war. Ratze und Lou fingen an zu kichern.
»Mann, sind wir blöd!«, rief Lou.
Sie griff das Papierkügelchen, pulte es auf und las:

Geht zu eurem Treffpunkt zurück.
Überquert das Rapsfeld.
Nähert euch dem Wald.
Was ihr sucht, ist blau.

»Häää?«, machte Ratze.
»Suchen wir was?«, fragte Emily.

»Vielleicht Maleen?«, meinte Lou.
»Die Verräterin?«, schnaufte Emily.
»Und wenn nicht?«, erwiderte Ratze. »Was ist, wenn die JEMAYUS sie entführt haben?«
Lou ballte die Fäuste. »Dann müssen wir sie befreien.«
»Okay.« Emily schlug sich auf die Schenkel. »Los, Leute! Schließlich gilt auch bei den Pfeffermiezen immer noch: Im Zweifel für den Angeklagten!«
Hört, hört, dachte Lou. So schnell konnte sich Emilys Meinung ändern ... Wenn es um ein echtes Abenteuer ging.

... und ein duft(end)er Aufenthaltsort

Die Mädchen ließen alles stehen und liegen. Emily raste mit ihrem Kickboard voraus, Ratze und Lou strampelten auf ihren Rädern hinterher. Wie drei geölte Blitze schossen sie in Richtung Innenstadt zurück und kamen gut zehn Minuten später an der Bushaltestelle Lohneberger Landstraße an.

»Und jetzt?«, fragte Ratze schnaufend.

»Quer durch den Raps«, sagte Lou und deutete auf das Feld hinter dem Wartehäuschen. »Bis zu dem Wald dahinten.«

Obwohl die drei noch völlig außer Puste waren, flitzten sie, so schnell sie konnten, über das abgeerntete Feld auf die dunklen Bäume zu.

»Hier ist nix Blaues«, ächzte Emily und hielt sich prustend und schnaubend die Brust.

»Im Wald ist nie was Blaues«, meinte Ratze und ließ den

Strahl der Taschenlampe über Stämme, Wurzeln, Gräser, Steine und Farne gleiten. »Hätten sie nicht wenigstens schreiben können, ob's was Großes oder was Kleines ist!«

»Wenn sie Maleen drin versteckt haben, dann muss es was Großes sein«, kombinierte Lou.

»Wenn da aber bloß wieder ein neuer Hinweis versteckt ist ...?«, überlegte Emily.

»Was Blaues, was Blaues ...«, murmelte Ratze, fing an, die einzelnen Bäume vom Boden bis in die Krone abzuleuchten, und schüttelte den Kopf. »Nee, Mädels, wenn wir so weitermachen, sind wir nächste Woche noch nicht fündig geworden.«

»Was Blaues ...«, wiederholte Lou nachdenklich. »Mensch, ich glaube, ich weiß, was sie damit gemeint haben könnten.«

Emily und Ratze guckten sie erwartungsvoll an.

»Dann spuck's aus!«, rief Emily ungeduldig. »Worauf wartest du denn noch?«

Doch Lou schien ihre Idee noch nicht preisgeben zu wollen. »Da war doch vor Kurzem dieses Waldfest ... Ist das nicht hier in der Nähe gewesen? Hier gibt es doch irgendwo so ein Forsthaus, oder?«

Ratze nickte. »Ja, ich weiß sogar, wo das ist. Mein Onkel hat mal einen Bericht darüber geschrieben.«

»Okay«, sagte Lou. »Dann los!«

»Jetzt sag doch erst mal ...«, hob Emily an, aber Ratze und Lou waren bereits losgeflitzt.

Sie rannten einige Hundert Meter am Waldrand entlang und bogen schließlich in einen schmalen Pfad ein, der mitten in den Wald hineinführte.
»Ich bin sicher, dahinten ist es«, schnaufte Ratze. »Dahinter ist nämlich auch so ein großer Platz, eine frei geholzte Wiese mit einem Spielplatz.«
»Ja«, ächzte Lou. »Genau das meine ich.«
Es dauerte nicht lange und das Forsthaus tauchte vor ihnen auf. Sie schlugen einen großen Bogen darum, um bloß nicht entdeckt zu werden, und standen kurz darauf auf der offenen Wiese.
»Du meinst doch wohl nicht etwa dieses Ding da!«, rief Emily und deutete auf ein längliches blaues Kunststoffhaus. »Dieses Plumpsklo da.«
»Das ist ein Chemieklo«, korrigierte sie Lou. »Doch, genau das meine ich.«
Ratze flitzte los und war als Erste dort.
»Tatsächlich!«, keuchte sie. »Die haben Klebeband drum herumgewickelt. Massenweise.«
»Schweinepriester!«, stieß Emily hervor. Sie trommelte gegen die Tür und rief: »Maleen, bist du dadrin?«
»Emily …?«, ertönte eine zaghaft zögernde Stimme aus dem Inneren. »Bist du das? Lou, Ratze! Seid ihr auch da?«
»Ja!« Lou begann, auf und ab zu hüpfen. »Einen Moment noch. Wir holen dich sofort hier raus.«
Ratze umrundete bereits das Klo und suchte das Ende des Klebebandes. »Hier!«, rief sie schließlich und fing an zu pulen.

Ganze fünfunddreißig Mal musste sie um das Klo herumlaufen, dann konnten sie endlich die Tür öffnen. Maleen stand mit an den Körper gebundenen Armen in der Ecke und guckte ihren Freundinnen aufgeregt entgegen.
»Diese Blödmänner! Was haben die nur mit dir gemacht!«, schimpfte Lou und machte sich sofort daran, den Strick aufzupulen.
Als Maleen endlich frei war, flog sie sofort in Lous Arme und veranstaltete ein Freudentänzchen mit ihr.
»Diese gemeinen Kerle! Lassen die mich mutterseelenallein in diesem Stinkding hocken. Ich hatte schon Angst, dass ich die ganze Nacht hier drinbleiben muss«, knurrte sie dann. »Und ich dumme Kuh hab Jesper anfangs auch noch nett gefunden.«
»Ach«, sagte Emily. »Also doch!«
»Wie?« Maleen riss erstaunt die Augen auf. »Du weißt das?«
Ratze und Lou nickten im Duett.
»Wir auch. Das konnte sogar ’n Blinder mit Krückstock sehen.«
»Dabei ...«, wollte Maleen herausplatzen, biss sich dann allerdings auf die Lippen und guckte schnell zu Boden.
Aber so leicht ließen die drei anderen sie natürlich nicht davonkommen.
»Was?«, bohrte Ratze. »Was wolltest du gerade sagen?«
»Na ja ...« Zögernd hob Maleen ihren Kopf und schaute nun Emily ganz gerade in die Augen. »Dabei mag Jesper eigentlich Emily am liebsten.«

»Wie kommst du denn dadrauf?«, rief Lou und Emily drehte sich rasch zur Seite, um die aufkeimende Röte in ihrem Gesicht zu verbergen.

»Er hat's mir selber geschrieben«, sagte Maleen. »Er hat mich sogar darum gebeten, aus Emily herauszuhorchen, ob sie ihn nicht vielleicht auch mag.«

»Is ja 'n Ding!«, platzte Ratze heraus.

Nicht weil sie so überrascht, sondern weil die Spannung einfach so unerträglich war. Mit großen Augen guckte sie Lou an, die genauso atemlos zurückblickte.

»Das kann er vergessen«, brummte Emily. »Ich kann ihn nicht ausstehen.«

Natürlich wussten alle, dass das eine Lüge war. Eine verzeihliche Lüge allerdings. Niemals würden Ratze und Lou von Emily erwarten, dass sie sich zu irgendwelchen dusseligen Gefühlen zu einem Jungen bekannte. Selbst jetzt nicht, nachdem sie wusste, was Ratze und Lou davon hielten. Außerdem ging es im Moment auch gar nicht darum, sondern um etwas viel Wichtigeres, nämlich den Zusammenhalt der Pfeffermiezen. Und diesbezüglich tat Emily nun etwas, von dem Ratze und Lou nicht zu träumen gewagt hatten. Sie ging nämlich auf Maleen zu und sagte: »Ich hab was total Blödes gemacht ...«, sie zögerte und jede konnte sehen, wie sehr sie mit sich kämpfte. »Der Brief ist gar nicht von Jesper. Ich hab ihn dir in den Rucksack gesteckt.«

Ein Ende ohne Schrecken

Maleen schnappte nach Luft. Sie machte einen Satz zurück. Ihr Mund klappte auf und zu, doch sie bekam kein einziges Wort heraus.

»Das ist nicht nur blöd gewesen, es war auch hundsgemein«, gab Emily offen zu. »Und ich könnte es verstehen, wenn du jetzt nie wieder was mit mir zu tun haben willst, aber ...«

Maleen schluckte.

»... das wäre irgendwie verdammt schade«, kratzte Emily sich aus dem Hals und wuschelte sich verlegen durch die Haare.

Ratze und Lou hielten den Atem an. Jetzt hing alles davon ab, wie Maleen reagierte. Die kriegte nämlich immer noch keinen Ton über die Lippen.

»Du ... du hast gedacht, ich würde euch verraten, stimmt's?«, stieß sie schließlich hervor. »Du hast mir immer noch nicht über den Weg getraut, wahrscheinlich wegen all dem Pferdemist, den ich in der Schule erzählt habe ...«

Emily nickte. »Ich hab mich total in dir getäuscht«, murmelte sie. »Und das tut mir jetzt schrecklich leid.«

»Okay«, sagte Maleen. »Ich finde es gut, dass du so ehrlich bist. Schließlich hättest du mir das mit dem Brief niemals sagen brauchen.«

»Oh doch.« Ratze schüttelte entschlossen den Kopf. »Wenn Emily das nicht gemacht hätte, dann hätten wir das tun müssen.«

»Genau«, sagte Lou. Sie legte Maleen einen Arm um den Nacken. »Denn erstens bist du unsere Freundin und zweitens darf es keine Lügen zwischen den Pfeffermiezen geben.«

»Find ich auch«, meinte Ratze und schlang ebenfalls einen Arm um Maleen.

Emily starrte auf den Boden und stand da wie ein mit zehn Eimern Wasser begossener Pudel.

»Na, komm schon her«, sagte Maleen und streckte ihre Hand aus, die Emily sofort ergriff.

Und dann standen sie eine Weile so, fest umschlungen, bis Emily sagte: »Mann, oh Mann, weißt du eigentlich, wie du riechst? – Wie eine ganze Wagenladung Domestos.«

»Kein Wunder!«, erwiderte Ratze. »Diese verdammten JEMAYUS!« Wütend stampfte sie mit ihrem Fuß auf. »Wisst ihr, was: Vergesst einfach alles, was ich heute Abend über Max und Co. gesagt habe.«

»Was denn?«, wollte Maleen wissen. »Was hast du denn gesagt?«
»Dass sie sie mag«, erklärte Lou kichernd. »Und ich, ich hab das auch gesagt.«
»Tsss!«, machte Emily. »Da sind wir wohl alle einem absoluten Irrtum aufgesessen. Höchste Zeit, dass wir wieder einen klaren Kopf bekommen.«
»Und ihnen endlich ihre Handys klauen«, trompetete Lou.
»Und ... und ... und«, fügte Ratze hinzu.
»Also ...«, sagte Emily.
»... nichts wie nach Hause!«, riefen Ratze, Lou und Maleen im Chor.
»Und was ist mit meinem Vater?«, entgegnete Emily. »Und dem Brief, den ich auf den Telefontisch gelegt habe?«
»Den nimmst du einfach wieder weg«, schlug Ratze vor. »Wenn wir Glück haben, merkt niemand, dass wir überhaupt weg gewesen sind.«
»Okay«, sagte Emily. »Aber die Kastanie? Immerhin haben wir die ganze Aktion hier doch nur wegen diesem blöden Baum gemacht.«
»Aber wenn dein Vater ihn doch sowieso nicht beschneidet ...«, meinte Lou achselzuckend.
Emily nickte und starrte nachdenklich auf den Boden. Inzwischen hielt auch sie es für sehr wahrscheinlich, dass ihr Vater sich gar nichts aus der Erpressung gemacht hätte. Im Gegenteil, bestimmt hätte er bloß ein Riesentheater veranstaltet und ihnen die wilde Wiese womöglich sogar wieder

weggenommen. Nein, Ratze, Lou und Maleen hatten schon recht: Das Beste würde es sein, so schnell wie möglich zurückzuradeln und so zu tun, als ob nie etwas gewesen wäre. Außerdem gab es für die Kastanie ja vielleicht auch noch eine andere Lösung. Stacheldraht zum Beispiel ...

»Einverstanden«, sagte Emily also. »Fahren wir nach Hause.«

»Und unsere Sachen?«, wandte Ratze ein.

»Die holen wir noch«, entschied Lou.

Die Mädchen hakten einander unter und liefen los, den Waldweg zurück über das Rapsfeld bis zum Wartehäuschen der Bushaltestelle. Mittlerweile war es totenstill. Nicht einmal mehr Autogeräusche konnte man hören.

»Meint ihr, die JEMAYUS sind noch in der Nähe?«, wisperte Emily. »Es scheint ja so, als ob sie uns all die letzten Tage beschattet hätten.«

Ratze zuckte die Schultern. »Keine Ahnung. Ist mir eigentlich auch egal. Ich will nur noch heim und im kuscheligen Bett über wunderbare Rachefeldzüge brüten.«

Maleen und Emily nickten und Lou schüttelte sich.

»Total unheimlich ist es jetzt. Die ganze Nacht hier draußen hätte ich nie ausgehalten. Ich mag nicht mal mehr bis zum See zurück.«

»Ich eigentlich auch nicht«, gab Ratze zu.

»Aber wir können doch nicht einfach unser Zeug dalassen«, entgegnete Emily. »Außerdem wäre das feige. Schließlich sind wir die Pfeffermiezen.« Und dann begann sie, leise zu singen: »We are the peppermint cats ...«

Ratze und Lou stimmten sofort darauf ein.
»We never forever wear hats ...«, sangen sie lachend.
Maleen hörte sich den Reim einmal an, dann hatte sie ihn ebenfalls intus.
»We are the peppermint cats and we always and ever, always and ever, always and ever eat peppermint cats.«

Lauthals das Pfeffermiezenlied schmetternd, brausten die Freundinnen durch die Nacht zum See hinunter und dann nach Hause ...

Patricia Schröder

Beste Freundin, blöde Kuh!

Eine wie keine

Miri ist angenervt von ihrer neuen Freundin Junia, die alles besser weiß. Außerdem hat sie Stress mit Cobi, der urplötzlich mit einer anderen rumhängt. Wie soll Miri das nur aushalten? Als ihre Mutter einen Schulwechsel organisiert, brennen bei Miri sämtliche Sicherungen durch. Sie haut ab – und merkt, wie sehr sie ihre ex-beste Freundin Joey immer noch vermisst. Ob die beiden noch eine letzte Chance bekommen?

216 Seiten • Arena Taschenbuch
ISBN 978-3-401-50357-8
Beide Titel auch als E-Book und als Hörbuch bei Arena audio erhältlich

Verknallt, verkracht, versöhnt

Miri ist auf hundertachzig: ihr geliebter Cobi meldet sich nicht mehr und ihre allerbeste Freundin Joey ist auch stocksauer auf sie! Schuld an allem ist wieder mal nur Junia – die hat nämlich behauptet, Miri hätte sich am Baggerweiher in den gutaussehenden Harper verkuckt. Aber in den ist Joey unsterblich verknallt! Gehts noch komplizierter? Wenigstens behält Doreen, die vierte im Bunde, einen klaren Kopf!

Arena

200 Seiten • Arena Taschenbuch
ISBN 978-3-401-50835-1
www.arena-verlag.de